W0172345

Zum Buch

Nachdem er zwei exzessive Jahre in Berlin hinter sich hat, beschließt ein junger Mann, nach Mexiko-City zu gehen, wo er einen Job im 17. Stock eines Gebäudes im Finanzzentrum annimmt. Auf die Nacht folgt der Tag, auf die Party die geregelte Arbeit. Doch auch in Mexiko-City locken die Versuchungen des Nachtlebens. Und so landet der Held immer wieder auf irgendwelchen Klos im Rotlichtviertel, wirft wahllos Pillen ein, besucht billige Bordelle. Irgendwann ist er dann zu fertig, um weiter zur Arbeit zu gehen. Seine Hoffnung ist eine Mexikanerin namens Lily, in die er sich verliebt. Wird sie ihn retten können?

»Es ist tatsächlich ein besonderer Autor entdeckt worden. Er erinnert an Fauser, an Brinkmann, dann auch an Remixe des Pop, also den Pop-Pop der Neunziger, der den Techno und das komplett Kaputte wieder entdeckt hat und der heute bei Airens neuem Buch »I Am Airen Man« noch mal ganz hart und kalt aufstößt.«

DIE ZEIT

Zum Autor

AIREN, geboren 1981, arbeitete nach seinem Studium als Praktikant in einer Unternehmensberatung in Berlin und zog danach für zwei Jahre nach Mexiko. Seine Erfahrungen im Berliner Club Berghain protokollierte er in seinem Blog http://airen.wordpress.com (und seinem ersten Buch *Strobo*), aus dem Helene Hegemann in *Axolotl Roadkill* zahlreiche Passagen zunächst ohne Quellenangabe übernahm. So wurde er zum heimlichen Star einer heftig geführten Literaturdebatte. Seine Artikel erscheinen u.a. im *Rolling Stone* und in der *Frankfurter Allgemeinen Sonntagszeitung*.

AIREN

I AM AIREN MAN

ROMAN

WILHELM HEYNE VERLAG
MÜNCHEN

Vollständige Taschenbuchausgabe 06/2011
Copyright © 2010 by Blumenbar Verlag, Berlin
Copyright © 2011 dieser Ausgabe by
Wilhelm Heyne Verlag, München,
in der Verlagsgruppe Random House GmbH
Printed in Germany 2011
Umschlaggestaltung: © Melville Brand Design Gmbh, München
Druck und Bindung: GGP Media GmbH, Pößneck
ISBN: 978-3-453-67599-5

www.heyne-hardcore.de

Für Nancy

Ja, krasser Ort, Jugend, da bin ich, da werde ich gewesen sein.

ABSTRACT

Mit jedem Schritt fährt dir die Musik tiefer in den Körper. Bringt jedes Atom zum Sprudeln. Du gehst weiter
und fliegst, strahlst aus jeder Zelle, wirst verzaubert, be-
wegst dich, alles passt, und du kannst nur lächeln, nur
zuschauen und dir wünschen, für immer dieses Gefühl
zu behalten: ein Fisch im Wasser zu sein. Das reinste Lachen, seit du Kind warst.

Zuallererst war ich büchersüchtig. Dann gitarren- und erst mit viel Verspätung techno- und drogensüchtig. Das ging einher, das war eins, da war auf einmal ein unbremsbares Verlangen nach der vollen Intensität des Lebens, dessen Vergänglichkeit man gerade erst verstanden hatte. Mein Körper wuchs nicht mehr, jetzt musste unbedingt das Gefühl wachsen. Da war der Polarstern des Exzesses, über den gar nichts mehr geht. Da waren die Moonboots, und da war ich unter dem weitesten Himmel ever, da explodierte die Wahrnehmung, und da war auf einmal der Rausch der übergefühlten Liebe zur Welt. Da war Techno, und da war alles klar. Da war ich. Da war Airen.

I

ABHAUEN

Im Herbst 2002 war es so weit: Ich war reif für ein Leben außerhalb des Elternhauses, zog in eine neue Stadt, in eine eigene Wohnung, und hatte meinen ersten eigenen Nachbarn.

Der kamelnasige Zilfo war ein aufdringlicher Zypriot aus gutem Hause, der am gleichen Tag im Erdgeschoss des Studentenwohnheims einzog, um den gleichen Mist zu studieren wie ich. Auch er brachte eine E-Gitarre mit, und am ersten Abend jammten wir bei mir im Zimmer Blues; das fand ich cool, weiß ich noch. Aber ganz schnell begann ich den Typen zu hassen. Zilfo, so stellte sich bald heraus, war eine aalglatte kleine Spießerfotze. Zilfo kam jeden, wirklich jeden Abend zum Gitarrespielen rüber. Dazu kam meine Toxoplasmose, die ich mir kurz zuvor, am Wahlabend 2002, im bayrischen Voralpenland beim Pilzesammeln eingefangen hatte. Das bedeutete härteste Schweißausbrüche, golfballgroße Lymphknoten, bleischwere Müdigkeit und schmerzende, blutrote Augen, die nun Kamelnase Zilfo allabendlich dabei zusehen mussten, wie er mir stolz irgendwelche Randy-Rhoads-Licks vorspielte. Gähnen half nicht. Viertelstunde nicht reagieren und dann: »Sorry, I'm really not feeling well«, half nicht. Rausbitten half, musste aber täglich wiederholt werden. Ich machte irgendwann nicht mehr die Tür auf, wenn es klopfte.

Was zu einer ganz absurden Bullenstory führte.

Nach irgendeiner Technoparty im Eisenbahnerkulturhaus kehrte ich spätmorgens heim, warf zwei, drei Valium und pennte erst mal durch. Auch am darauffolgenden Tag ließ ich das Handy aus. Was ich nicht wusste, war, dass meine Eltern nach drei Tagen Kontaktverlust bereits Panik schoben, bereits ein Telegramm geschickt hatten, bereits irgendwelche Leute im Studentenwohnheim anriefen und bei mir klopfen ließen. Ich vermutete natürlich den dummen Zilfo auf der anderen Seite und hielt die Tür entsprechend fest verschlossen. Das ging zwei Tage lang, das Handy noch immer aus. Spätabends, als ich halb wach, halb bekifft im Bett lag, hörte ich Funkgerätgeräusche vor dem gekippten Fenster. Bullentypische Funkgeräusche. Ich beschloss, mal nachzusehen, öffnete das Fenster und blickte tatsächlich zwei Bullen ins Gesicht, die in den Büschen vor meinem Fenster standen. Nach einer kurzen Vorstellungsrunde wollten die also wirklich reinkommen. Ich versteckte den Eimer im Schrank und wartete im Schlafanzug in der Tür. Wie sich herausstellte, waren die beiden von meinen Eltern geschickt worden, um mal zu schauen, ob bei mir noch alles stimmte.

Wenn ich daran zurückdenke, dass mir meine eigenen Eltern vor ein paar Jahren noch echt die Bullen auf den Hals gehetzt haben, dann fühle ich mich doch gleich ein bisschen wohler bei dem Gedanken, ein paar tausend Kilometer weg von Deutschland zu sein.

Zilfo jedenfalls blieb bis zum letzten Tag mein Nachbar. Am Ende blieb er mir ein Shure-Mikro und zwei CDs schuldig.

Nach zwei Jahren hatte ich dann genug vom Frührentner-, Alkoholiker- und Neubaucharme von Frankfurt/ Oder. Spätestens als sie anfingen, die umstehenden Plattenbauten ersatzlos abzureißen, wurde auch mir klar, dass es Zeit war zu gehen. Ich zog nach Berlin, in die Schönhauser Allee. Mein Mitbewohner Tommy war ein langhaariger, voll verpeilter Kiffer, eine lahme, dusslige Memme. Tommy war von Selbstzweifeln bereits so dermaßen zerfressen, dass ihm in ständiger Erwartung des eigenen Unglücks auch immer die blödesten Sachen passierten. Als er mal an einer Straßenecke fünf Minuten auf einen Freund wartete, kam ein Hund und pisste ihm ans Bein.

Die Nachbarn in unserem Haus waren okay. Über uns wohnte ein Heroindealer, auf dem Weg zum Einkaufen musste ich manchmal über zusammengekauerte Junkies steigen. Nur einmal hatten wir Stress mit dem Pärchen unter uns, er Türke, sie Deutsche, als Tommy, der in Sachen Verpeilung immer wieder für eine Überraschung gut war, es eines Nachmittags tatsächlich schaffte, die Waschmaschine zum Laufen zu bringen, ohne sie zuzumachen. Als der Türke klingelte, weil es bei ihm von der Decke tropfte, stand Tommy bereits bis zu den Knöcheln im Wasser. Er hatte es noch nicht mal gemerkt. Tommy war ein hoffnungsloser Fall und lebt heute mit einer Schafherde, in die er sich eingeschlichen hat, und frisst Gras.

Ich hatte ein Jahr damit verbracht, ein paar Tausend Euro zu verbraten und zwei mickrige Scheine zu machen. Das Berlinprojekt musste dann abgebrochen werden. Also wieder zurück ins öde, graue Frankfurt/Oder. Diesmal kam ich in das Wohnheim direkt am Grenzübergang. Weil ich mich, ganz blöd, auf dem Formular im Namen geirrt hatte. Eigentlich wollte ich ja in dieses ehemalige Hotel, wo jedes Zimmer Internetanschluss hatte. Aber so saß ich da in meiner neuen Bleibe am Fenster und sah den Zöllnern beim Kontrollieren polnischer Lieferwagen zu. Küche und Bad teilte ich mit meinem ukrainischen Mitbewohner Zhenia. Der war anspruchslos und umgänglich, als Mitbewohner der absolute Traum. Aber ein Tier von einem Mann. Ein breiter, bulliger, joghurtfressender Ukrainer. Meist lief er nur in Unterhosen herum. Abends kloppten wir uns manchmal. Ich hatte gerade meine Taekwondo-Phase, und Zhenia hatte irgendsoeine russische Nahkampfmethode drauf. Ich weiß noch, wie ich da mal ins Berghain gehen wollte, mit zwei extra aus Bayern angereisten Freunden, und fast nicht konnte, wegen einer Rippenprellung. Aber mit dem Ukrainer lief alles bestens.

Mein Leben hatte zwischenzeitlich normale, fast produktive Formen angenommen. Ich hatte alle Scheine nachgeholt. Ab und an ging ich sogar an die Uni. Als Zhenia nach ein paar Monaten leider raus musste, dachte ich: Scheißegal, was der Nächste für ein Typ ist, Hauptsache kein Kiffer. Eine Woche später saß ich dann mit Kim, einem Halbkoreaner, im Nebenzimmer unter einem Bob-Marley-Poster in einer dichten Rauchwolke und hörte Cypress Hill. Mit dem lief also auch alles bestens.

Das Problem war vielmehr der kleine Sachse, Erstsemester, der genau unter uns wohnte. Eines Tages warf der mir einen Zettel in den Briefkasten. Ob ich auch manchmal das Knacken in der Heizung höre. Was man da unternehmen könne. Im P.S. kam es dann:

Bitte vor allem nachts nicht mehr Seilspringen üben. Ich musste einen Moment überlegen. Seilspringen?

Es war die Zeit, als ich jeden Abend mit Bleigewichten an den Knöcheln vor dem Spiegel übte, als ich jeden Track als Aufgabe sah, als fremde Leute in der U-Bahn auf mich zeigten und »krasse Choreografie« tuschelten, als ich elektrischen Strom gefressen hätte, nur um besser tanzen zu können. Das gefiel dem Sachsen also nicht.

Ich bin dann runter, um das mit ihm zu klären. Dass meine Heizung nicht klopft. Und dass er sich mal locker machen soll, schließlich lebten wir in einem Studentenwohnheim und nicht im Altersheim. Der wirkte etwas eingeschüchtert und schien das nur innerlich zu notieren.

Am nächsten Tag fand ich wieder einen Zettel im Briefkasten, diesmal vom Hausmeister:

Es ist zwar richtig, dass unser Studentenheim kein Altersheim ist, aber immerhin besteht hier eine Hausordnung. Ab 22 Uhr sind sehr laute Musik und Turnübungen mit Geräten verboten. Es liegen gegen Sie Beschwerden vor. Sie stehen unter Beobachtung! Bei weiteren Uneinsichten werden Sie zu einem Gespräch beim Abteilungsleiter Herrn Walter eingeladen. Es kann bei besonders Hartnäckigen zur Kündigung des Mietvertrags führen.

Hausmeister Mitscherlich

Mit dem Dancen war also ab 22 Uhr Schluss. Mit Kim lief weiterhin alles ganz easy; wie gesagt: Das war ein Kiffer. Wenn sich mal so schwächliche Aufhörgedanken anbahnten, half Kim mir da schnell wieder raus.

Normalerweise heizten wir schon morgens um zehn den ersten Joint an. Damals fing ich auch mit dem Blogschreiben an und begann ernsthaft zu trinken. Das waren echt schöne Tage.

Im Frühjahr war ich mit meinem Studium fertig. Ich packte meine Sachen, fuhr zu meinen Eltern und kehrte nie wieder nach Frankfurt zurück. Den Arbeitsvertrag bei der Beratungsfirma in Berlin hatte ich da schon in der Tasche. In Bayern wollte ich nur ausspannen. Meine direkten Nachbarn waren die fünfzig Kühe von Bauer Daxer. Zwei, drei Höfe weiter lebte Dancemaster DonCasimir. Ich jobbte in der Rehaklinik und verbrachte die letzten Tage mit meinem Hund, der im Sterben lag.

SPINNING WHEEL

In Berlin fand ich ein schönes Ein-Zimmer-Apartment, Rokokoaltbau, im Hausflur schwarzes Holz und Spiegel. Zwischen S-Bahn und Volkspark, näher am türkischen als am schwulen Teil Schönebergs gelegen, hatte es nebenan einen Getränkemarkt und war nur hundert Meter entfernt von einem der beiden bestgeöffneten Lidls der Stadt. Und ich konnte wieder ungestört tanzen! Unter mir war der Keller, über mir stand frei, hinten war das Treppenhaus und vorne die Martin-Luther-Straße. Ich zimmerte mir einen zwei mal drei Meter großen Laminatdancefloor und drehte auf ohne Ende. Im Haus wohnten junge, ordentliche Leute, einige mit Kindern. Die jugoslawische Hausmeisterin war ein ziemlicher Besen: Klein, rund und mit rot geädertem Gesicht, aus dem immer nur böse Blicke blitzten, wohnte sie mit ihrem zwanzig Jahre jüngeren deutschen Mann im zweiten Stock. Ihr Sohn war mein Vormieter, deswegen hatte die bestimmt auch noch die ganze Zeit die Schlüssel. Jedenfalls stand sie die nächsten Tage immer vor der Tür, wenn ich mal wieder mit Pizza im Backofen eingeschlafen war oder ein Plastikschneidebrett auf der Herdplatte liegengelassen hatte. Nach einer kurzen Standpauke lüftete sie demonstrativ den ganzen Tag das Treppenhaus.

Einmal heftete sie einen Zettel an die Haustür:

> Es ist uns egal, ob du deine Frau betrügst, aber wenn du noch mal Gleitgel und Kondome in der Flurverkleidung versteckst und dabei Holzteile abbrichst, melden wir das der Hausverwaltung! Wir wissen, wer du bist!

Dass ich das nicht war, wusste sie bestimmt; denn mein Gleitgel und meine Kondome hatte sie bei ihren Kontrollgängen mit dem Zweitschlüssel sicherlich bereits auf dem Esstisch geortet. Der Zettel blieb da ein paar Wochen lang hängen, und ich fand das sehr erfrischend, jeden Morgen auf dem Weg zur Arbeit erst mal mit dem Wort »Gleitgel« zu kollidieren. Ansonsten passierte nicht viel in dem Haus. Einmal kamen zwei Bullen, um mir einen Brief wegen der Friedhofsaktion zuzustellen. Rundherum hatte ich bald ein paar Bekannte: den schüchternen Schnorrer Marcel, den Securitytypen vom Lidl, den Säufer Sönke, der mir immer im Unterhemd begegnete, wenn ich morgens im Anzug auf den Bus wartete, und den ägyptischen Pizzabäcker Mery. Da bin ich auch mal nachmittags stockbesoffen rein, nach dem CSD glaub ich, und habe Irans Anrecht auf eine Atombombe verteidigt. So ein Russe klatschte, und Mery gab mir einen Schawarmateller aus.

Ansonsten war das Jahr in Berlin hart und trist und auf eine geile Art krass. Viel Arbeit, viele Drogen, kaum

Freunde, null Sport. Alles drehte sich immer schneller. Kaum auszumachen, wo genau man sich gerade im Rausch-Kater-Zyklus befand. Mexiko kam wie eine Erlösung.

2

ANKOMMEN

Es begann mit dem Drogenhund am Flughafen von Mexiko-City, der sich direkt vor mein Gepäck setzte, wahrscheinlich wegen irgendwelcher Gras- oder Koksreste, oder auf was auch immer der abgerichtet war. Der Polizist zog ihn gleich weiter, aber der Hund zerrte zurück.

»Irgendwas zum Essen da drin?«

»Nein.«

»Frutas?«

»No.«

»Chocolate?«

»No, solo drogas«, scherzte ich reinen Gewissens.

Der Typ lachte nicht mal und zerrte den Hund mit Gewalt weg. Dann mit dem Taxi zum Hotel. Den Taxifahrer verstand ich kaum, wenn er zwischen seinen brechartigen Hustenanfällen überhaupt was hervorbrabbelte. Im Hotel wusste man natürlich nichts von einer Reservierung. AmEx nahm man auch nicht. Letztendlich bekam ich doch noch mein Zimmer, sehr geräumig und im insektenfeindlichen fünften Stock.

Am Abend gehe ich noch mal los und frage an der Rezeption nach der nächsten Metrostation. »Insurgentes«, sagt man mir, und das kommt mir gleich bekannt vor. Insurgentes, Insurgentes, denke ich auf dem Weg, vorbei an dreistöckigen Villen und speckigen Imbissen, und vier Straßen später weiß ich, woher ich den Namen kenne. Ich stehe nämlich mitten im Rotlichtviertel. Genauer gesagt, direkt vor dem Sexshop, der mir drei Jahre zuvor meine Lieblingsjacke versaut hat. Als ich damals für einen Sprachkurs in Mexiko war, hat mich so ein Japaner aus der Jugendherberge hierher geschleppt und wollte unbedingt in den Laden gehen. Ich meinte, ich warte draußen und rauch noch eine; aber dann wurde ich doch neugierig und ging hinterher, drückte die Kippe aus und steckte sie in meine Jackentasche, wo sie wieder aufglimmte und schließlich ein fünfmarkstückgroßes Loch hineinsengte und herausfiel. Genau da stehe ich jetzt wieder. Aber in dieser sogenannten Zona Rosa gibt es nicht nur Sexshops und Tabledance-Bars, sondern auch Massen von Kneipen mit Livemusik, Verkaufsstände mit gebrannten Goa-CDs und eine ganze Menge flanierender Homos. Ich rauche dann an einer Straßenkreuzung unter einer Riesenpalme eine Zigarette und fühle mich komischerweise kein bisschen alleine.

Auf dem Rückweg will ich noch was essen und kehre in einem kleinen Schnellrestaurant an einer Straßenecke ein. Die Kellnerin kommt, und ich bestelle *dos tacos*. Damit kann man nicht viel falsch machen, denke ich. Aber die Kellnerin versteht nicht, egal, wie oft ich es wiederhole. Wobei sich hier die Frage stellt, was man bei *dos tacos* falsch aussprechen kann. Schließlich holt sie den Oberkellner zu Hilfe, der mir tatsächlich ein paar Minuten später zwei Teller mit je einem Taco bringt. Man muss sich das vorstellen wie zwei aufeinandergelegte Eierkuchenhälften, die mit Käse zusammengepappt sind und am Teller festkleben. Nachdem ich das Ding ein paar ratlose Sekunden angestarrt und sämtliche Möglichkeiten erfolglos durchgespielt habe, hole ich diesmal gleich den Oberkellner.

»Wie isst man das?«

»Mit den Händen.«

»Ja, okay, aber … wie?«

Der Kellner macht die internationale Hamburger-abbeißbewegung. Alles klar. Wir müssen beide lachen.

Im Hotel noch ein paar Coronas. Jetzt erst mal Orientierung verschaffen, Stadtplan und Wörterbuch kaufen, Bank suchen, warm werden.

FRUSTRACION

Meine Fresse! Komm hier kein Stück weiter. Ich brauch irgendeine Wohnung in der Nähe gewisser Metrostationen, aber so was wie bvg.de oder berlin.de mit Stadtplan und so, so was gibts hier nicht. Warum auch. Es ist ja nur die größte Stadt der Welt, warum sollte man sich da die Mühe machen. Saugt mich das aus. Auch die Mexikaner, die sich teilweise – davon bin ich überzeugt – mutwillig dumm stellen. Verfickte Azteken. Gestern wollte ich zum Beispiel einen Schwamm kaufen, für dieses *Clinique*-Zeug, mit dem ich meine gelegentlichen Speedpickel bekämpfe. Ich ging also in so eine *farmacía* und fragte nach einem »Schwamm, um das Gesicht zu reinigen«.

Allgemeine Ratlosigkeit: »Verstehst du den?«

Nach x-maligem Wiederholen führte mich die Verkäuferin zu einem runden Kleenexdöschen.

»Nee, einen Schwamm. Um das Gesicht zu reinigen.«

Zeigte sie mir ein eckiges Kleenexdöschen. Nach einigem Hin und Her und Wörterbuchgesuche brachte sie mir Folgendes: einen *Gesichtsreinigungsschwamm*. Aha.

Heute Morgen wollte ich mal woanders Tacos essen und fuhr mit der Metro zur Station Pino Suárez. Dort ist es schon eher slummäßig. Man kommt die Treppen hoch, und überall sind erst mal Stände, die dieses bunte

Zeug verkaufen, das ich wohl nie probieren werde. Dahinter erhebt sich eine riesige Wellblechhalle, die man über eine breite Treppe erreicht. Drinnen türmt sich Plateau auf Plateau, alles voller Kleinstgeschäfte mit dem Üblichen: Schulranzen, Schuhe, Unterhosen. Irgendwann kommt dann die Taco-Area. Ein Stand am anderen, alle verkaufen das gleiche. Ineffizienz scheint ein integraler Bestandteil der mexikanischen Kultur zu sein. Ich setzte mich auf eine Bierbank und bestellte bei der Bedienung drei Tacos.

Darauf die Bedienung zum Koch: »Drei Tacos. Ohne Chili.«

»Doch, mit Chili!«, ging ich dazwischen.

»Doch mit Chili. Aber wenig.«

Man nimmt mich hier offenbar nicht ernst.

Mittags dann Burger King. Dachte, das sei einfacher. Ich bestellte ein Whopper-Menü, bezahlte, und die Bedienung meinte was von wegen *entregar*, also *überbringen*. Ich dachte also, okay, das dauert noch und man wird mir den Burger dann überbringen, also suchte ich mir einen Platz in der Ecke, damit mich nicht jeder wie gewohnt anstarren kann, und wartete. Und wartete. Blickte ein paar Mal vorwurfsvoll zur Kasse rüber. Nach einer ganzen Weile stand ich auf und ging zur Bedienung und fragte, wo denn mein Burger bliebe. Der, den ich vor einer halben Stunde bestellt hatte. Es stellte sich heraus, dass einem der Burger einen Meter links der Kasse *ausgegeben* wird. Gekicher.

So was zieht mich runter. Erschwerend kommt hinzu, dass ich seit heute Nachmittag mit der lächerlichsten Föhnfrisur aller Zeiten rumlaufe, weil der Friseur nicht verstand. So was ist erniedrigend.

Aber eigentlich bin ich ja selber schuld, so wie immer. Ich stelle mich an wie der erste Mensch und wundere mich dann, dass das die Leute belustigt. Ich bin in einem fremden Land. Ich bin viel zu dünnhäutig. Hier zu schreiben hilft. Ich setze einen gewissen Konsens voraus. Weiter.

Prinzipiell: Kulturschock. Überall wird man angestarrt wie ein Neger. Schon mal allein die Höhe, 2600 Meter, da spürst du jede Treppe. Und überhaupt. Es gibt hier megafette Kreuzungen, die von maximal zwei Ampeln geregelt werden. Das muss dann für Geradeausfahrer, Linksabbieger und Fußgänger reichen. Die Autos klingen auch viel leiser als in Deutschland, man hört die fast nicht kommen.

Nächstes Problem: die Größe. Zwergenstaat. Früher oder später werde ich von an einem herunterhängenden Stromseil stranguliert. Hab mir bereits mehrmals den Kopf angestoßen, das letzte Mal an der Tür einer der drei dreckigsten Toiletten der Welt. Auch die Gerüche: teilweise so übel! Manchmal ist der Gestank so hart, so außerhalb all dessen, was man in Deutschland je gerochen hat, dass man die ersten fünf Sekunden gar nicht checkt, was das ist und noch mal nachriecht und dann fast umkommt vor unterdrücktem Brechreiz.

Überall Militär. Keine Übertreibung: Auf einen Quadratkilometer kommen hier etwa fünfzig schwer bewaffnete Bullen. Vor jedem Schnapsladen, vor jedem Bohrmaschinengeschäft steht ein Cop mit MP und kugelsicherer Weste. Als ich gestern den ersten mexikanischen Joint rauchte und prompt hundert Bullen in weißen Hemden vorbeigejoggt kamen, war es fast schon zu absurd, um Angst zu bekommen.

Heute wollte ich mir dann eine Umhängetasche kaufen, und zwar keine von Samsonite aus dem Upperclass-Kaufhaus. Also stürzte ich mich in den wilden Markt um den Zócalo. Links und rechts der Straße Tausende Stände, CDs, Früchte, Unterhosen, Portemonnaies, Tacos, alles lautstark umworben. Wenn man einen Stand mit Schulranzen sieht, heißt das noch lange nicht, dass die Umhängetaschen verkaufen. Es gibt nämlich Stände für Schulranzen, Stände für Sporttaschen, welche für Handtaschen und welche für Umhängetaschen. Alles noch mal in männlich/weiblich unterteilt. Wenn man dann nach hundert Ständen endlich einen für männliche Umhängetaschen gefunden hat, sind diese entweder hässlich oder der Umhängegurt zu kurz. Ich brauchte vier Stunden und danach zwei Coronas.

Fernsehen, auch sehr geil: Jede Werbung wird mit eingeblendeten Hinweisen zur Volksgesundheit unterlegt:

Fertigessen? – Iss mehr Früchte.

Süßigkeiten? – Mach Sport.

Alkohol? – Vermeide den Exzess.

Evita el Exceso. Ich weiß jetzt schon, dass dies mein neuer Schlachtruf sein wird.

Jetzt liege ich also in der neuen Wohnung, in dem quadratischen kleinen Zimmer mit verranztem Teppich und farbverkleckertem Blick auf die gegenüberliegende Mauer, keine drei Meter, und tröste mich mit Bier und Surfen. In Deutschland erregt man sich gerade über Mumienpornografie – dann lieber pädophil –, während Monterrey im Dreck versinkt, weil man die Müllabfuhrwagen nicht repariert kriegt, und Mexiko-City im Regen absäuft. Einer der Mitbewohner lässt Reggaeton laufen, saustumpfe Musik, ein durchgehender Rhythmus wippender Bikinititten, ein ständig gleiches Hispanogerappe, ein einziger Terror. Wie scheiße dumm einem die Sonne aus dem Arsch scheinen muss, um das geil zu finden.

Gestern Mittag hock ich dann recht verkatert im Restaurant und seh zu, wie sich so ein Typ an seinen gelben Socken kratzt. Nietzsche auf dem Tisch, *Jenseits von Gut und Böse*, auf Spanisch. Der gefällt mir, voll die Falten und genau wie ich schon ne Sonnenbrille auf um die Uhrzeit. Pennt fast ein. Ich bezahle, nehm den letzten Schluck und stolper raus.

Sei einfach mal nicht so eine total dichte Sau, ich glaub das kommt grad ein bisschen besser. Aber das Seltsame ist, dass das mit dem Spanisch besoffen auf einmal echt gut funktioniert. Entschuldigung Señor, eine BANAMEX hier irgendwo? Geradeaus und dann links? Und welchen Bus? Und die hat auch samstags auf? Gracias.

Was dann natürlich nicht stimmt. Die Mexikaner haben nämlich die gleiche beschissene Angewohnheit wie die Inder, nicht zugeben zu können, dass sie selbst nicht wissen, wo's langgeht. Und erzählen einem dann irgendeinen Scheiß.

Mit der Wohnung hab ich mich auch bescheißen lassen. Für das gleiche Geld hab ich in Berlin in einem Beinahe-Luxusapartement logiert. Aber was Organisation angeht, bin ich absolut unbegabt. Es war die einzige Wohnung, bei der ich es bis zur Besichtigung geschafft habe, und: »Gut, ich zieh ein.« Jetzt ein halbes Jahr hier wohnen.

Ab morgen dann wieder Anzug, eingeschnürt in eine Krawatte, in unbequemen harten Schuhen mit unsicherem Tritt, unter Karrieristen. Es ist nicht so, dass ich nicht versuchen würde, das Gute zu sehen. Aber wo denn bitte? Worin denn? In einem Marketingprojekt? Bei Reggaeton dann auch noch. Pech oder Perspektive, das kann ich nicht mehr auseinanderhalten.

Halt, stopp, alles zurück! Mexiko gefällt mir. Morgens fahre ich mit einem klapprigen Minibus die letzten Kilometer von der Metrostation ins Finanzzentrum, das Kinn zwischen den Knien.

Die Firmenzentrale, besser: der Turm, überragt alle umstehenden Gebäude. Bislang sitze ich im siebzehnten Stock, gleich bei den beiden deutschen Partnern vor der Tür. Beides ziemlich hohe Tiere und auf den ersten und auch auf den zweiten Blick unerwartet menschlich drauf. Natürlich diese Managerkrankheit, niemanden ausreden lassen zu können. Die Kolleginnen auch sehr nett. Abgesehen davon, dass hier alle Frauen mein Typ sind und ich schön langsam zur Hete verkomme.

Das Arbeitsklima ist von Kichern, Lachen, Bussis geprägt. Letzteres mache ich natürlich nicht, diese Bussi-Bussi-Sache konnte ich noch nie ab, das ist nur wirklich guten Freunden vorbehalten, oder, um ehrlich zu sein: Ich trau mich nicht.

Klar merken die schnell, dass bei mir irgendwie was nicht stimmt, schüchtern wie Sau und doch geladen wie ein Vulkan kurz vor dem Ausbruch. Beim Essen zittert die Gabel. Daraus entsteht dann schnell der altbekannte Teufelskreis aus Schüchternheit, Selbsthass und Rückzug, dem man dann mit dem besten Mittel gegen

Schüchternheit, der besten Umsetzung des Selbsthasses und dem konsequentesten Rückzug begegnet – eh klar.

Das soll dieses Mal nicht geschehen. Ich habe Bock auf das Projekt, das erste eigene. Die Kollegen sind eben normal. Genau das verursacht ja meine Schüchternheit, dass ich mich nur in der Gesellschaft gebrochener, desorientierter und trotzdem in irgendeiner Weise übersprudelnder Menschen wohlfühle. In diesem Business natürlich alles schön geradlinig, zielorientiert und beherrscht.

Am schlimmsten ist, wenn die dann ganz arglos und freundlich auf einen zukommen und man die Angst nicht aus den Augen kriegt: die Angst, erkannt zu werden.

Wenns dann mal klappt und ich ein Gespräch nicht versaue, so wie eben grad, als mich die Kollegin nebenan über meinen noch immer nicht angekommenen Laptop ausfragte und ich ganz natürlich antwortete und sich das Gespräch in Wohlgefallen auflöste, durchfährt mich ein regelrechtes Hochgefühl. Auf dieser Welle kann man getragen werden, und dann läuft das nächste Gespräch auch gut, und schon bald hat man so was wie einen Freund. Bei meiner sogenannten Lieblingskollegin in Berlin lief das so. In meinem Freundeskreis beeindruckte und übertraf man sich hingegen durch krudes Verhalten. Sich mal ne halbe Stunde anschweigen. Nicht verraten wollen, warum man Depri schiebt. Dann wieder minutenlang wild monologisieren. Slangen. Bisschen nebenbei abgehen auf die Mucke, die jederzeit läuft. Wochenlang nicht ans Telefon gehen. Sich nachts um vier zurückmelden und jetzt und sofort zur Party fordern. Und prinzipiell immer und überall zuallererst Drogen nehmen. Krankes Verhalten einfach. Aber auf eine Weise auch total angenehm.

Das alles geht jetzt erst mal nicht. Dafür so viel anderes. Die verschwitzte Mittagszigarette unter Palmen. Hamburguésas mit Ananas und Avocado an jeder Ecke. Nurnochtaxifahren. Und irgendwie ein Dauergrinsen, weil einen ständig alle so anstarren, einen richtiggehend aufsaugen und dabei so gar nicht bedrohlich wirken, weil sie im Schnitt zwei Rolltreppenstufen kleiner sind. Ach, ich finds geil! Mexiko!

Ein Schritt weiter in eine Richtung. Plötzlich ist alles mehr. Die Bedeutung der Arbeit, der Umfang, der Belegplatz im Gehirn. Mehr Zutrauen, mehr Erwartungen. Andere Situation, now get along. Aber, keine Ahnung, es gefällt mir wirklich. Mann, sind die alle nett. Und hübsch. Und die Typen alle ein bisschen posh, jeder mit Gel, stolzer Gang, man weiß, wo man arbeitet. Und ich find das irgendwie nur geil. Es gibt ja den Brauch hier, immer die Frauen vorzulassen, an Türen, im Fahrstuhl, beim Einkaufen. Aus Respekt, so gewährt der freundliche Blick zunächst. Doch kaum tut die Frau den ersten Schritt, wandert der Blick ein Stockwerk tiefer und verweilt zufrieden auf dem meist gut und knackig ausladenden Arsch der so höflich Vorgelassenen.

»Das ist in der Miete inbegriffen«, lacht Guillermo und hält mir den Joint hin, dessen Geruch mir auch blind den Weg in meine Wohnung im vierten Stock gewiesen hätte.
     Zwischen tiefen Zügen zähle ich ihm die Scheine hin. Er: Fotograf, spielt Bass, vermietet Wohnungen. Mit dabei sein Kumpel, spitzmäusig, und ein Mädchen mit *accent*. Erst geht der Spitzmäusige, dann Guillermo. Ich sitze auf der Couch mit der Französin Mitte zwanzig, deren Namen ich nicht weiß. Und ich will auch nicht noch

mal fragen, sondern erzähl was wie ... die letzten sechs Jahre war ich in Berlin und ...

Sie, die Architekturstudentin mit schönem Körper und einem hübschen, auf eine ganz harmlose Art naiven, aber klugen Gesicht, knapp schulterlangen schwarzen Haaren, vielleicht fünfundzwanzig, und, fast schon zu *cliché*: im schwarzen Kleid mit weißen Punkten, fragt mit französischem Akzent: »Kennst du die Panorama Bar in Berlin?« La Panorama Bar? Ja, eigentlich schon.

Sie ist gerade in Richtung Bad gegangen. Gleich kommen irgendwelche Freunde von ihr. Ich würde mir vorher noch mal gerne das Gesicht waschen. Aber ich bin ihr vorhin schon auf dem Weg zum Klo begegnet, als sie gerade von dort zurückkam. Wir trafen uns im Gang, und die Blicke waren im Ausweichen komisch. Wenn ich jetzt noch mal da hingehe und sie wieder im Bad ist, könnte sie vielleicht denken, ich wolle was von ihr. Wir sind ja allein in der Wohnung. Diesen scheiß sexuellen Bezug nicht ein Mal aus dem Kopf zu kriegen. Ja komm, dann lieber nochn Schluck, solln die besser das Party-Ich kennenlernen.

Und dann auf einmal, wie gewohnt ...

Bonsaipalmen züchten. Das wär doch mal was. Darin aufgehen. Jetzt sitzen noch zwei Mexikanerfreunde von der Französin da. Mädchen und Junge. Saunett wieder.

Auf dem Sofa er dann: »Träumst du?«, und ich so bescheuert konspirativ: »Nein, ich ...«

Und er: »¡Aaahhh, claro!«

Ich machs einfach: »Gibts hier heute irgendwo ne Technoparty?«

»Ja, kennst du Justice?«

»Was?! *Die* Justice??«

Ja, die. Legen heute in Mexiko-City auf.

Beschlossen.

Auf dem Weg zum Siglo 21. Der Taxifahrer kommt mir komisch vor. Ich habe vergessen, vor dem Einsteigen aufs Nummernschild zu achten. Bei offiziellen Taxen beginnt das Kennzeichen mit L. Auf den letzten Metern winken Menschen vom Straßenrand durch die Scheibe, alle auf der Suche nach einer Karte. Vor dem Club drängen sich ein paar Hundert Leute, kaum einer älter als fünfundzwanzig. An der Kasse erfahre ich, dass ich ohne Ticket keine Chance habe.

Dann eben zurück in die Zona Rosa. Noch schnell eine Flasche auf der Straße geext, darauf stehen vierundzwanzig Stunden Arrest, und ab in den ersten Club. Eintritt, Lage checken, raus. Dann in den nächsten. Halbschwul. Ich dance auf Reggaeton, und auf einmal umringen mich drei Mädchen, die mir bis zur Hüfte reichen. Ich bin deep in time, aber out of joint und verzieh mich ein wenig Richtung Spiegel. Gleich der Nächste, und der kann tanzen, Joshua, der Drehmove ist hier sehr beliebt. Er sieht ein wenig aus wie ein Ami, mit seinen kurzen, zurückgegelten und etwas anblondierten Haaren. Dazu die blaue Jacke. Wir reden ein wenig, dann gẹh ich runter an die Bar. Wodkabull für den Typen gleich neben mir am Tresen, stockschwul, Schleimsack, und für mich natürlich. Dann wieder hoch tanzen. Als es leerer wird, nimmt mich Joshua in den nächsten Laden mit. Vollschwul diesmal. Im zweiten Stock ein Dancefloor, Trance, Action, sofort aufs Podest. Joshua hängt mir Lametta um den Hals, während wir tanzen und neben uns Männer strippen. Am Rand ganz cool die Transen, und was für welche! Die eine schiebt mir ihren Arsch in den Körper, und Joshua macht vom Podest aus wild abschätzige Bewegungen. Ich überleg mir ernsthaft, mit ihm mitzugehen, nur für den Thrill. Aber ich kann mich absolut nicht dazu überwinden, da hilft auch kein Wodkakirsch. Ich hau dann auf einmal ganz plötzlich ab, flüchte fast, der Typ hat mich keinen Moment aus den Augen gelassen. Und die ganze Zeit: »Soy gay«, und all die obszönen Gesten.

Zu Hause noch ein Joint mit dem deutschen Medizinstudenten. Zu vertraulich. Ich frag ihn über Ketamin aus, alles sehr einseitig. Dann irgendwie gelähmt im Bett. Licht ist an. An der Decke hängen drei pappsatte Moskitos.

Jetzt wohne ich seit fünf Wochen in einer WG, Downtown Mexiko-City, aber nicht so, wie man sich Downtown bei uns vorstellt. Ich wohne in einer ruhigen Seitenstraße einer ruhigen Hauptstraße, die direkt zum zentralen Platz von Mexiko-City führt. Alle Straßen treffen hier im rechten Winkel aufeinander, und fast alle sind Einbahnstraßen. Man geht also eine Straße entlang, und nach hundert Metern kreuzt eine Straße von rechts. Man geht drüber, und es kommt wieder eine von links. Dann wieder von rechts. Und so geht es weiter. Hier in der Marquez Sterling haben die Häuser drei bis fünf Stockwerke. Das sind kleine, verwinkelte, aneinandergereihte Gebäude mit flachen Dächern, auf denen Wäsche trocknet. Jedes hat eine andere Farbe. Unseres ist dunkelblau, das nebenan pink. Davor ein dilettantischer Fußgängerweg. Dann die Straße, auf der sich nie etwas regt, außer Kindern oder mal einem Fußgänger, oder Schmetterlingen in der Sonne. Von irgendwo kommt immer Musik. Man steht also ziemlich allein da in der heißen Sonne, denkt »November« und betrachtet die ganzen Karren: vier mal vier Dodges, 5er-Chevies und Billigjapaner. Ja, du bist in Mexiko.

Man schließt unten die eiserne Tür auf und kommt in einen kühlen, mit graugrünen Fliesen ausgelegten Flur.

Links kläfft immer ein Hund. Nachts weint er. Oft sind Wasserlachen im Flur. Dann kommen die Treppen. Vier Stockwerke. Aufgrund meiner hardcoregefickten Lunge jedesmal eine Qual. Unser Wohnzimmer ist eigentlich ganz komfortabel. Da stehen zwei Sofas, ein Fernseher, der nicht geht, ein Esstisch und ein alter Computer. Dann kommen die Schlafzimmer und das Bad. Die Schlafzimmer sind wirklich beschissen klein und das Bad eine Katastrophe. Na ja, ich wohne halt wie in einem Zweihundertfünfzig-Euro-Kabuff in Friedrichshain, Grenze Lichtenberg.

Hier wohnen der besagte Medizinstudent, außerdem Enrique und manchmal Guillermo, der Vermieter. Wir sind alle vier 25 Jahre alt.

Der Medizinstudent ist brav. Hat sich in seiner Ein-dimensionalität ein wunderbar funktionierendes Kon-zept zusammengebastelt, das da lautet: Kooperation. Nun, die Welt ist Evolution, trial and error, Anpassung ist sicher nicht die schlechteste aller Ideen. Als mittlerer Grashalm bekommt man halt genug Sonne und wird auch vom Sturm nicht fortgeweht. Das ist angenehm.

Enrique ist ganz cool, glaub ich. Enrique ist der ab-solute Risikopatient, fett, raucht, frisst nur Tacos und bewegt sich nicht. Studiert irgendwas mit Film, arbeitet nebenbei als Imaging Consultant und weilt gerade in Monterrey bei seinen Eltern, um Kontakte zu knüpfen. Mit Enrique verstehe ich mich eigentlich ganz gut. Aber er hat halt Vorbehalte gegen Drogen. Kiffen kann er nicht wegen seiner Herzkrankheit. Als ich ihm von der Koks-session letztens erzählt habe, wurde er ganz abwesend. Aber mit dem komme ich klar.

Guillermo ist einer von denen, die hübsch geboren werden und davon zehren, bis sie dreißig sind. Jetzt ist er fünfundzwanzig und alles noch im Lot. Irgendwie hat er drei Wohnungen in Mexiko-City, vermietet die, foto-grafiert bisschen, pennt hier auf dem Boden, kifft viel und sitzt den ganzen Tag vor dem Computer und sky-ped mit seinen Exfreundinnen around the world.

Guillermo ist auch cool, aber halt so wie die anderen beiden ein wenig misstrauisch. Erst hier, unter dieser normalsozialen Kontrolle, merke ich, wie sehr meine Le-bensweise bereits vom Durchschnitt abgewichen ist.

CASE SCENARIO

Letzten Freitag ging ich von der Arbeit nach Hause, mitten durchs Finanzzentrum, zwischen riesigen Hochhäusern, die alle dem in gewissen Situationen aus gewissen Perspektiven sogenannten Großkapital angehören, oder besser: dessen Dienern dienen ...

Und dachte mir so: saugeil.

Einem so gebeutelten Ego wie dem meinen verschafft es also offenbar erhebliche Erleichterung, sichtbar der sogenannten Oberschicht anzugehören. Gegen Depressionen hilft, sich am Straßenrand die Schuhe putzen zu lassen. Seidenkrawatten im MP-bewachten Nobelkaufhaus zu kaufen. Drei Monatsgehälter Trinkgeld geben. Auf so Zeug steh ich grad. Total durchsichtig. Total erbärmlich. Aber was ist das nicht? Sag mir jetzt keiner: Liebe.

Komme gerade von dem Treffen mit dem Finanzvorstand von BMW. Mein Job bestand darin, mich zur Verblüffung des Herrn Vorstand auf Deutsch als Deutscher vorzustellen und eine Broschüre zu reichen. Eine hochinteressante Studie zum Thema Kostenstrategien; wir geben dem Kunden also etwas value, ohne etwas zurückzufordern, wir erhöhen unsere visibility, und auf erstaunliche Weise lässt sich mit solchem Gewäsch viel Geld verdienen. So funktioniert das.

Und ich musste mal wieder feststellen, dass Leute,

die es wirklich bis ganz oben geschafft haben, wieder ganz normal werden oder, so die Hoffnung, schon immer waren.

Mein Chef ließ mich nach dem Gespräch in Santa Fe in the middle of nowhere am Straßenrand stehen und rief aufmunternd: »¡Hasta mañana!«

Dann eine Stunde Taxi. Jetzt rauche ich den wohlverdienten Feierabendjoint. Nee, aber was ich eigentlich sagen wollte: Als ich da durch dieses Finanzzentrum schlenderte, nach einer ersten Arbeitswoche, mit dem Geruch des Erfolgs und des Geldes noch in der Nase, dachte ich mir: Saugeil!, und wollte es irgendwie nicht wahrhaben, dass fünf weitgehend drogenfreie Tage so einen Schub bewirken können, dass der Bezug so direkt ist.

Aber egal, da eh schon wieder vorbei, der Wohnsituation geschuldet. Also, wie es aussieht, wohnt mein Vermieter ständig hier, der war bloß die erste Woche nicht da, er und seine drei fetten Säcke Gras, die, wie erwähnt, in der Miete inbegriffen sind. Mir hätte nichts Schlimmeres passieren können.

SUGAR

Wir haben Gras da ohne Ende, aber keine Papers zum Drehen. Ich war gerade zwei Stunden unterwegs in der Nähe des Zócalo, dem zentralen Platz vor dem Regierungsgebäude hier in Mexiko-City, und habe versucht Papers aufzutreiben. Straßenläden, Zigarrengeschäfte, Kaufhäuser: aussichtslos. Seitdem letzte Woche meine deutschen OCBs ausgegangen sind, beleben wir hier notgedrungen die gymnasiale Unart des Apfelrauchens wieder. Ein Apfel, drei Löcher, ein Flash. Die Notlösung.

Damals. Mit dem Apfel im Proberaum. Und davor? Zuallererst?

Diese Zeit in der Kindheit, als man nur von Zucker abhängig war. Saure Saurier, Kirsch-Cola, Center-Shocks und Saure Apfelringe waren damals unsere Drogen. Das Verhalten war das gleiche. Timo und ich, wir sammelten all unser Taschengeld, überlegten lange und ernsthaft, von was wir wie viel kaufen sollten, bestellten dann am Kiosk in einem verschworenen Akt die Süßigkeiten und legten uns irgendwo am Rand unseres Dorfes mit der Papiertüte ins tiefe Gras. Als Kinder lagen wir dort in der Sonne und dachten Kindergedanken. Überlegten, ob wir in Heimat- und Sachkunde eine Zwei oder eine Drei im

Zeugnis bekommen würden. Wir sprachen über die Unendlichkeit des Universums und dass es dann unendlich viele Sachen unendlich oft geben müsste, überlegten, wen wir mal heiraten würden, und hatten sechs Jahre später unseren ersten Sex miteinander. Wir waren voller Zuversicht und wussten alles, wir dachten null an unsere Zukunft, denn für die nächsten zehn Jahre, eine verheißungsvollen Ewigkeit, in der wir mit Mädchen ficken, Autos fahren und mit tollen Freunden verrückte Sachen machen würden; für diese ewige Zeitspanne der Jugend war uns unsere Zukunft ganz klar vorgegeben. Alles war so easy damals. Damals war das Leben nur leben und nichts sonst. Da war alles nur geil. Wie der Schewe irgendwo die tote Krähe vergraben hatte, und wir die wieder ausgruben, und er so: »Das ist Gotteslästerung«, mit seinen zehn Jahren. Der Schewe hatte auch immer am Schlossberg am Hang in so ein Loch gekackt. Jeden Tag einmal, so als Experiment. Einmal hat er auch seine Rotze monatelang in einem Einweckglas aufgehoben. Der Schewe war ein ganz krasser Typ, schon damals. Mit dem Schewe hab ich auch das erste Mal so richtig Alkohol getrunken. Da war ich vierzehn und hatte bei einem Typen aus meiner Klasse, einem Sitzengebliebenen, eine große Flasche Kleiner Feigling gekauft. Timo, der Schewe und ich, wir gingen eines Mittwochnachmittags auf diese große Wiese am Schlossberg und nahmen uns vor, zusammen ein Drittel der Flasche zu trinken. Der Schewe hatte noch irgendwo einen Piccolo und ein paar Kurze aufgetrieben. Wir tranken alles aus. Die pure Euphorie, als wir durch das grelle Gras fielen. So zum ersten Mal überhaupt nichts mehr zu checken und alles so anders zu sehen. Irgendwann war ich wieder zu Hause, in unserem Reihenhaus in der Bonzensiedlung, und meine Eltern merkten es erst, als ich beim Abendbrot auf der Terrasse die Butter in den Brotkorb legte. Ich bekam eine Woche Gitarrenverbot.

Und das war erst der Anfang.

Ja, verkokst und zugenäht. Wo ist eigentlich meine Hose, Alter? Hat die etwa auch die Transe mitgenommen? Ja, also, das war mal ne Nacht.

Die schlechtesten Partys sind die, auf die man sich wochenlang vorbereitet. Und die besten sind die, die man den ganzen Tag vorher halb krank kategorisch ausschließt.

Gestern. Um zehn check ich dann doch los, gegen alle Vernunft. Lass mich mit dem Taxi in die Zona Rosa fahren und hebe viel zu viel Geld ab. Dann der Club, der per Dekret ab jetzt *mein* Club ist: Crazy. Der vollschwule von letzter Woche.

Vor der Tür steht eine wirklich gut aussehende blonde Transe in hellgrünem Feenkostüm und lockt die Leute rein. Die frage ich zuallererst, ob sie mir Koks klarmachen kann. Und warte mit Wodka Naranja in der Hand an der Bar auf das Pulver. Zwölf Euro das Viertelgramm. Viel zu viel für hiesige Verhältnisse. Chill mich dann leicht angekokst auf einen handförmigen Sessel und lass die Situation kommen. Merke, dass das zu wenig war. Mehr Pesos, mehr Koks. Geh dann aufs Klo und zieh das nächste Viertelgramm, kniend vor der Kloschüssel. Dummerweise kann man über die Tür drübersehen, und unten durch auch, wenn man sich dreckig machen will.

Denn nachdem die rechte Nase voll ist, klopft der Türsteher an die Kabinentür und weist vielsagend über meinen Kopf. Mein Blick folgt ihm, findet ein Schild und ent-
ziffert mühsam:

Jeder, der hier Drogen nimmt, wird sofort rausge-
schmissen.

Und fast das Geilste an der Nacht: Er lässt sich mit hundert Pesos Trinkgeld abspeisen. Ab dann bin ich sein
Freund. Kann koksen so viel ich will, und ab sechs
schnorrt er meine Zigaretten.

Dann ganz viel tanzen. Mucke irgendwie Trance.

Ultrablickkontakt mit allen, spätestens ab dem fünften Viertelgramm von der Türtranse. Frag sie dann auch,
ob sie *suave* mit mir sein will. Auf Koks scheißt man sich
ja echt nichts.

Und sie: »Wir können ficken, nachher. Gerne.«

Scheißt sich auch nix.

Dann wieder ziehen. Die rechte Kabine ist besetzt,
also versuche ich es an der linken. Rüttel ein paar Mal
an der Tür und schau drüber, warum die nicht aufgeht.
Irgendsoein Konstrukt aus einem Schemel und einem
Besen. Ich kick den Schemel von unten weg und bin
drin. Das sechste Pac. Irgendwie haben die hier ne andere Brieffalttechnik, weswegen ich das Papier nachher
nicht wieder zukriege und immer gleich ein ganzes ziehen muss. Als ich wieder rausgehe, komme ich an den

Besen. Der wackelt, schwankt und fällt: dem Türsteher direkt vor die Füße.

»¿Cómo se llama eso?«, entschärfe ich die Situation im Aufheben: »Wie heißt das Ding auf Spanisch?«

Das ganze Klo brüllt.

Um vier setz ich mich neben so eine fast nicht als Transe zu erkennende Transe. Lange schwarze Locken, schwarzes Mieder, schwarze Netzstrumpfhosen. Sie heißt Alpha. Wir quatschen ein wenig. Auf dem Weg zur Tanzfläche frage ich sie, ob sie eine Frau ist. Hätte im Falle von »Ja« auch stark nach hinten losgehen können. Aber sie malt zwei Anführungszeichen in die Luft. Ich weiche dann nicht mehr von ihrer Seite. Fünf. Sechs. Alpha hat Angst vor meinen Mitbewohnern. Das muss schon echt hart sein, sich so für sich selber zu schämen. Wir küssen uns. Ganz viel Feeling. Scheiß Musik. Nochmehrkoks.

Am Ende stehen wir vor der Tür. Alpha, ihre Freundin – ein echtes Mädchen – und ein Typ, schwul würde ich sagen, fragen mich ein bisschen aus und kreischen bei jeder Antwort: »¡Qué lindo!«, wie süß.

«Wo hast du dein Spanisch gelernt?«

»Hauptsächlich auf Partys.«

»¡Qué lindo!«

»Wie alt bist du?«

»Fünfundzwanzig.«

»¡QUÉ LINDO!«

Ich soll Alpha mal küssen und …

»¡AAAYYY, QUÉ LINDO!!!«

»... und wenn deine Mitbewohner sie sehen?«

»Ist mir egal.«

»Uh, qué lindo.«

Zu Hause setzen wir uns erst mal auf die Couch im Wohnzimmer und ziehen noch was. Wäre im Nachhinein schon ein hartes Bild gewesen, falls einer der Mitbewohner zufällig vorbeigekommen wäre, koksend, mit ner Transe in Netzstrumpfhosen auf dem Sofa.

Wir sind im Bett, und wie bei jeder Transe weiß ich, dass sie eigentlich eine Frau ist. *Chiquito* nennt sie mich die ganze Zeit und ich sie *chiquita.*

»Aahh, mi amor!«

Es ist schön. Dann fährt sie aber doch heim, in meinen viel zu großen Jeans.

Okay, das war jetzt nicht gerade die allergeilste Aktion, hätte mich auch angepisst. Aber mein deutscher Mitbewohner ist jetzt so richtig sauer:

»... nur weil dir nicht gut gewesen ist ...«

»Ich habe also gekotzt?«

»Ja!«

Ich weiß es ja auch nicht mehr genau. Irgendwie bin ich wohl gestern mit starkem Brechreiz ins Bad gestürmt, während er gerade am Scheißen war. Es gab einen kleinen Fight. Irgendwie habe ich dann die Tür aufgetreten. Seitdem geht die nicht mehr zu. Seitdem ist mein Mitbewohner angepisst.

Ich versteh das nicht. Liegt wahrscheinlich daran, dass ich für gewöhnlich der Hauptverursacher solcher Situationen bin. Aber Drogen entschuldigen doch alles. Auf Drogen kann mir meine Cousine sagen, dass wir noch Mal ficken werden, und ich lächle nur und weiß es besser. Auf Drogen gibt mir mein bester Freund einen Headnut, und morgen ist alles wieder gut. Auf Drogen macht mir Eva hysterischste Vorhaltungen, zwischen Morgentechno, Drinks und der nächsten Nase Koks, aber auf der Afterhour sitzen wir wieder nebeneinander auf dem Sofa, Amigos, Amigas, wie je. Auf Drogen hat mich schon sonst wer um nen Fick gebeten, und beim nächsten Mal wusste keiner mehr was. Come on! So was kann jedem passieren.

Aber nicht meinem deutschen Mitbewohner. Er ist so einer, den man fragt, wo er in Berlin weggeht, und der antwortet, er mache so Freiwilligenarbeit mit Kindern, und da seien auch immer Partys. Einer, der dem Taxifahrer übersetzt, was ich ihm gerade auf Deutsch gesagt habe. Einer, der die *FHM* auf die Klospülung legt. Einfach einer, der sich von so ziemlich jeder Erfahrung ferngehalten hat. Nein, Mann, ich mag den Typen, aber da sind schon wieder solche Welten dazwischen.

SCHUB

In Ermangelung teurerer Alternativen geh ich ins »Yuppies«, passiere blond, groß und im Anzug natürlich die Kordel, die anscheinendreich von anscheinendarm trennt, und bin im halb leeren Club. Die Bar: der Versuch, eine irische Kneipe auf Luxus zu trimmen. Die harten Alkoholika gut ausgeleuchtet: Absolut, Bombay Sapphire, Hennessy. Gutes Zeug. Darüber Tiffanyfenster, durch die gelbes Licht dringt, das einzige hier. Über der Bar Flatscreens, Baseball, FoxSports en español, Cleveland vs. Boston, vier zu eins. Auch wenn ich diesen Sport noch nie gecheckt habe, ziehe ich mir das während der ersten drei Drinks rein. Wässriger Scheiß. Die Bloody Mary kipp ich auf ex. Die Kellnerinnen sehen aus wie First-Class-Nutten, im grünen Minirock und roten Bikini, schön patriotisch. Mexiko: grün, weiß, rot. Und die Schnecke, die mich gerade bedient, hat *Alemania* auf dem Rücken stehen. WM wahrscheinlich. Die anderen Gäste sind hauptsächlich alte Amis mit wenig Haaren auf dem Kopf, die hier noch einen letzten Schluck nehmen, bevor sie ihren runzligen, halb steifen Schwanz in den Mund einer angeekelten, chancenlosen Mexikanerin stecken.

Gin Tonic, ABC, Bloody Mary, Cerveza, doppelter Wodka on the rocks: Da ich heute noch nichts getrunken habe, kriegt meine Kellnerin innerhalb der ersten halben Stunde alles auf einmal ab. Und langsam wirkt das auch. Live Music. Ich dachte, vor so was wäre ich im »Yuppies« sicher. Well. Vier Punkladies, mit Iros in Schwarz, Blond und Pink, die's dann doch ziemlich draufhaben.

Airen
Marquez Sterling 25
Depa. 9
Benito Juarez
Colonía Centro
México, D.F.

schreib ich auf die erste Seite meines Moleskines. Zwischen den Worten drehe ich meine Zigarette unentschlossen zwischen den Fingern und achte auf die Gitarristin, Tapping jetzt. Frauen, die Gitarre spielen, die ihre Finger weit zur großen Quart spreizen: auf so was steh ich. Die Kellnerin gibt mir Feuer. Ich bedanke mich nur mit einem kurzen Blick. Die Schlagzeugerin kommt aus dem Takt. Schick, aber nicht tight, die Gute. Ich lache, ja: Alle vier zum Verlieben jetzt. »Help« von den Beatles, woher wussten die, dass ich jetzt genau das hören will? Ich klatsche, »die Rechnung bitte!«, bevor ich noch Scheiß baue.

Auf der Suche nach Koks, draußen, Nacht, es regnet: Joshua. Ich wusste, dass ich den wiedertreffe. Schleppt mich ins proppenvolle Neon, an dreißig Pesos Einlass vorbei, mitten in viel zu lauten, hart umfeierten House-Sound. Wir kaufen Kokain.

Ich bin auf dem Podest, der Mund beinahe schon vertraut taub, meine Jacke weg: mehr Koks. Feierei. Moven, goddamn. Wenn man hier in Mexiko-City als erkennbarer Europäer gut abgeht, schaut einen original jeder an. Macht aber nichts, da Koks. Weiterstylen, auf Beats warten, rocken, rutschen, shuffeln. Kaum löst sich der Blick von den gutgetakteten Händen, schaut man in Gesichter. Neugierige, Lachende, über einen Sprechende. Das ist Koks, das ist gut so: Schub. Lang hält das aber auch nicht: »Every little thing …«, Madonna kann mich mal, raus hier, und zwar schnell.

Es pisst wie Sau. Joshua und ich nehmen ein Taxi, verabschieden uns, versprechen uns Dinge. Bis nächstes Mal.

Das mit dem Kokain ist ja auch nur halb so geil, wie man sich das beim Wichsen immer vorstellt. Zunächst natürlich schon erst mal ein recht angenehmer Flash. Etwas füllt dich von innen aus, gibt jeder Geste Kraft und Bedeutung, kitzelt, flasht: mehr. Ganz ähnlich wie Speed, plus dieser viel zitierten Coolness. Die schlägt aber nach dem ersten Gramm in genauso unkontrolliertes Kieferzittern um. Dann kommt ganz schnell die Leere. Superwache Koksgeilheit. Verzweiflung. Man braucht dann Alkohol, Gras oder Valium. Oder noch mehr Koks. An sich aber kaum auszuhalten. Dann schläft man ein paar Stunden, wacht auf und hat Blei in den Knochen. Und obwohl die letzte Mahlzeit schon zwanzig Stunden her ist, absolut keinen Appetit. Das ist genau wie bei Speed: Man kann sich vielleicht zwingen, etwas in den Mund zu nehmen. Die ganz Harten kauen auch noch ein bisschen darauf herum. Aber Runterschlucken ist absolut unmöglich. Dein Körper fleht nach Nahrung. Dein Kopf raunzt: Nein. Dazu läuft dir anschließend drei beschissene Tage lang die Nase. Wenn du Glück hast, nicht rot. Aber selbst dann kommt dir jeder Atemzug vor wie eine Line Mentholtabak: frisch, hart, direkt.

Ich hol mir jetzt welches. Weil ich es einfach nicht schaffe, hier allein und nüchtern rumzusitzen. Nicht schaffe, nicht einsehe. Allein und nüchtern: geht nicht. Schon lange nicht mehr. Los jetzt.

Drei Stunden später. Mexiko-Innenstadt, die Zona Rosa auf und ab. Am Crazy vorbei, in das mich der gut geschmierte Toilettenboy von letzter Woche gleich wieder zerren will. Aber, nein, hey!: Ich bin ja krank. Diese Kokainsession mit Alpha am Samstag ließ es mir dann doch unmöglich erscheinen, am Montag bei der Arbeit zu erscheinen. Zwei Gramm Koks auf rechts steckt man als Anfänger nicht so ohne Weiteres weg. Dienstag war noch schlimmer. Mittwoch kam Gras. Donnerstag bin ich dann zur Ärztin. Doctora Espinoza checkte mich auf Herz und Nieren. Mit Abtasten und allem, sehr angenehm. Ich rauche und trinke zu viel. Aha. Mein Blutdruck sei zu hoch, fünfundachtzig zu hundertfünfundvierzig. Erst im Februar hatte ich achtzig zu hundertzwanzig, Optimalwert, während einer eher krassen Ecstasy- und Kiffphase; jetzt jedoch im orangen Bereich. Kann an der Höhe liegen, meinte Dra. Espinoza. Sie gab mir irgendwelches Grippofluxzeugs und wie immer nahm ich vorsichtshalber erst mal die doppelte Dosis. Fühl mich auch schon besser heute. Nur mit dem Rauchen muss ich mich zurückhalten, mehr als drei Zigaretten am Tag, und es wird schlimmer. Gibt ja auch diese urban legend von diesem Typen, dem nach dem Bongrauchen die Lunge kollabiert ist, also sich so richtig auf einmal zusammengeklumpt hat. Ich denk da jedes Mal dran, wenn ich ne Bong rauch, so wie Homer

Simpson beim Kacken an die Spinne im Klo oder diese eine Frau aus *Die Erlöser* von Gaddis, die nicht an den Briefkasten geht, wegen dieser uralten Geschichte mit den Schlangen in der Zeitung, nur dass ich halt trotzdem kiffe und mich hinterher meiner intakten Lunge erfreue, die jetzt aber auch schon seit ein paar Wochen echt am Limit operiert. Jedenfalls das Rotlichtviertel auf und ab, auf der Suche nach möglichst zwielichtigen Gestalten, alle sehr hilfsbereit, aber keiner hat was am Start. Einer will mir sogar was verkaufen, aber nur gegen Vorkasse. Sorry, dafür bin ich echt schon zu oft beschissen worden. Ich würde sogar sagen, dass man mittlerweile jeden Trick an mir erfolgreich angewendet hat, sodass es fast unmöglich ist, mich ohne Gewalt abzuzocken. Also Bacardi, Bier und Zigaretten. Second Class, ich weiß, aber irgendwie muss ich schlafen jetzt.

Nicht wach sein, jetzt: So denkt jeder Süchtige.

Und dann sind wir in dieser Cantina, proppenvoll, auch die Leute, alle tanzen zu diesem Salsa und kippen Bier im Wahnsinnstempo, und ich hock mich auf nen Stuhl und fange an aufzuholen. Guillermo ist so ein richtiger Prolo-Womanizer-Latino, in den Achtzigern hätte der echt viel hergemacht bei uns in seiner Lederjacke und den engen Jeans, und kennt jede Sau hier. Ich muss dann auch lachen irgendwie, weil alle auch so pilzige Stereotypen sind, anachronistisch fast, und als ich nicht mehr grinsen kann, werd ich traurig. Genau dieses Feeling wie damals, 2002 oder so, als ich mit Stefan auf einem Faschingsball war, voll auf Pilzen, und alle so fröhlich waren, voll auf »I'm Walking On Sunshine«, und ich etwas abseits stand und mich ganz plötzlich ganz alt fühlte. Aber ich komme wirklich fast nicht hinterher; kaum habe ich eine Flasche zur Hälfte geleert, hält mir jemand die nächste hin und grölt: »¡Salud!« Auch irgendwie okay.

JAZZCLUB

Um elf bau ich noch einen Joint für mich und Guillermo, dann schreib ich ne Mail an den Netten Fucker, dann halte ich mir ein paar Sekunden die Bacardiflasche an den Mund, dann gehen wir los. Jazzclub im Zentrum. Ein voll besetztes Taxi kommt. Wir quetschen uns zu den anderen. Die anderen sind ein mexikanisches und ein französisches Pärchen.

Letzteres labere ich mit meinem Standard-français-Satz zu: »Je ne peux plus parler français parce-que j'apprends l'espagnol et c'est trop similaire et tout le temps, si je veux dire quelque chose en français, le mot espagnol me vient a l'esprit plus vite.«

Dann sind immer alle ganz beeindruckt und meinen, mein Französisch wäre doch *perfecte*. Dabei ist das wirklich so ziemlich der einzige Satz, den ich auf Französisch rausbringe. Weil ich ihn halt jedem Scheißfranzosen auftexte. Internationale Wirtschaft studieren die beiden: »Hatte ich auch mal«, sag ich und darf mich dabei gar nicht so stolz fühlen, schließlich habe ich den halben Tag blau gemacht, und jetzt, zwölf Uhr mittags, mexican time, bin ich schon wieder noch immer nicht bei der Arbeit und werde auch nicht mehr gehen heute, zu krass war das gestern. Aber, hey!, locker, dafür arbeite ich auch am Wochenende, aus irgendeinem Grund, der mir selber noch nicht so recht einleuchtet, will ich das Projekt richtig geil abliefern. Und dann les ich das in nem halben Jahr wieder und denk mir: »Fuck, damals, als ich noch riechen konnte.«

Im Club stelle ich mich mit sechzig Pesos auf Tasche großkotzig an die Bar und bestelle Gin Tonic. Fünfundsiebzig Pesos. Und erklär der Bedienung, dass ich mal kurz meine Freunde suchen gehe, um mir Geld zu leihen. Ganz toller Auftritt. Bevor mein Vermieter den Geldbeutel zücken kann, zahlt der andere Mexikaner. Und auch die nächsten drei Flaschen Wein und die Käseplatte. Die Band fängt an. Irgendwo zwischen Bebop und Free Jazz zocken der Saxofonist und der Trompeter um die Wette. Wie bei jedem guten Konzert geht mir das Grinsen so was von nicht aus der Fresse. Wirklich allerfeinste Improvisation. Aber ich kann dann nicht mehr. Guillermo geht mit mir raus und erklärt dem Taxifahrer, wo wir wohnen. Das hätte ich schon noch alleine gekonnt.

»Bist du sehr betrunken?«, fragt er zum Abschied.

»Nein. Doch, total. Adios.«

Ich gleite durch Mexiko-Mitte, ganz in der Nähe der Bank, auf die ich den Kurs noch mal umgeleitet habe, vorbei an einer Art Fußgängerzone, der Zugang kettenverhangen, da kommt kein Auto durch, und das Taxameter zeigt auch schon zweiundvierzig Pesos an, und denk mir, dass das jetzt doch ganz witzig wäre … Und sag so zum Taxifahrer: »¡Espera aquí!«, halte mal hier.

Tür auf, raus, Tür zu, sprinten, in die Fußgängerzone rein, das Taxi jetzt mit quietschenden Reifen im Rückwärtsgang, gut hundert Meter Vorsprung, an zwei Bullen vorbei, »buenas noches«, saudicht, und an der nächsten Kreuzung nach Atem ringend das nächste Taxi anhalten.

Easy. Steig dann direkt am Tacostand aus, bestell zwei, aber ess nur einen halben.

BERLIN IS HERE TO MIX EVERYTHING
WITH EVERYTHING

Als ich nach zwei Stunden Technovideos-Schauen aus dem Internetcafé in der Marquez Sterling steige, trete ich in eine fremde Welt, eine hell leuchtende, verstörende Alltagswelt, ahnungslos und misstrauisch, ein paar Planetenzeitalter zurückgeschraubt, plötzlich jeder Technofortschritt dahin, im Fühlen, im Erleben, im Sound. Aus der blau gestrichenen Havanna-Bar beschallt Rammstein einen einsamen Straßenhund, das Raum-Zeit-Kontinuum kommt endgültig aus den Fugen, und ich fühle mich auf einmal so beschissen wie an einem Sonntagnachmittag auf dem Weg vom Club zur Bahn. Es ist kein wirklicher Schmerz, so, wie er später im Alter allgegenwärtig sein wird, es ist nur diese entkräftigende Leere, dieses willenlose Angepisstsein, die unerbittliche Entzauberung der Maschine.

Im Sommer 2005 fiel die Love-Parade aus. Ich war gerade dreiundzwanzig, in der Schönhauser Allee, zusammen mit Tommy, und wir verkifften ein ganzes Jahr. Das Programm hieß: Gras, Beck's, Pink Floyd, Jimi Hendrix, und in etwa genauso viel DJ Rush und Gayle Sun. Ab und zu an die Uni. Wir gingen zwar ständig auf Technopartys, aber aus irgendwelchen Gründen fast immer zeitversetzt. Von zehn Partys trafen wir uns auf einer und gingen dabei trotzdem immer in die gleichen Clubs: Tresor, polar.tv und Maria. Ab und zu donnerstags auf die Good-life-Partys im Pfefferberg, das war gleich um die Ecke, und wir bekamen freien Eintritt, weil wir auf der Memberlist standen. Krass, das ist echt schon so ewig weit weg. In der Zeit war dann auch diese ausgefallene Love-Parade. Als Ersatz hatte man im SEZ an der Landsberger Allee, einem vieleckigen Sportzentrum, dem man die Ostzeiten noch an seiner aufdringlichen, gelb-violetten Lackierung ansah, eine DJ-Kanzel aufgebaut, und dort legten dann die ganzen Großen auf: Dave Clarke, Westbam, Dr. Motte etc. Das war eine Zeit, in der ich mal kurzfristig, eher durch Zufall als durch gezielten Willen, mehrere Monate lang jeden Tag Speed nahm. Ich hatte eine gute Connection, den Nigga, einen todbleichen HipHopper, der jedwedes Gegenüber »Nigga« nannte und auch die ganze Zeit Speed nahm und eine Ausbildung beim Film machte. Wir kifften, wir zogen Pep, und er hatte immer echt gutes Zeug da, das er leider oft mit Milchpulver aufstreckte. Ab und zu sahen wir uns auch auf Partys. Da war die legendäre Jeff-Mills-und Laurent-Garnier-Party in der Maria. Ein Bunker, ein außen wie innen verwitterter Quader direkt an der Spree; in der Zeit, als das Ostgut zu und das Berghain noch nicht auf war, als der Tresor schloss und das polar.tv nur noch alle zwei Monate eine Veranstaltung machte, war die Maria mal eine ganze Zeit lang der Treffpunkt für

71

alle. Seit Wochen hatte ich jedem vorgejammert: »Am soundsovielten legen Jeff Mills und Laurent Garnier in der Maria auf, und ich schreibe zwei Tage später Examen und kann nicht hingehen!« Als ich den Nigga dort traf, gingen wir gleich raus auf diese kleine Terrasse an der Spree und setzten uns neben zwei Typen und zogen erst mal ne Nase Pep. Das war echt krasses Zeug, der Nigga hatte wie gesagt immer saugutes Speed am Start. Neben uns saßen diese beiden kurz geschorenen Typen mit dicken Pullis, und der Nigga kam in Laberlaune und quatschte die beiden über mich hinweg an: »Hey!, was geht mit euch ab, *Niggaz*, seid ihr gut drauf?«

Die Typen signalisierten durch Grunzen ihre Ablehnung. Wir gingen besser rein. Dort legt gerade Laurent Garnier auf, »The Man With The Red Face«, der Track mit dem Saxofon, ich tanze und denke, krass, das Saxofon kommt von hinten, und auf einmal steht da dieser Typ mit dem Saxofon mitten auf der Tanzfläche und spielt mir zu, und die Musik ist saugeil, ich tanze, genau in diesem perfiden, funkigen House-Beat, und uns beiden treten fast die Augen raus, einer der genialsten musikalischen Momente meines Lebens.

Am Morgen standen wir wieder draußen auf der kleinen Terrasse am Wasser, und der Nigga wollte noch Leute zu sich nach Hause auf eine Afterhour einladen, am besten noch ein Mädchen. Ich konnte nicht, weil ich, wie ich ständig betonte, noch lernen musste. Ich war mal wieder schnitzeldrauf und hatte die Arme hektisch im

Genick verschränkt. Gegen Mittag fuhr ich heim in unsere Wohnung am Prenzlauer Berg. Ich hatte damals jedenfalls andauernd mit dem Nigga zu tun, und bei mir an der Uni waren ein paar Kollegen, die gerade Speed als Lerndroge entdeckten, für die musste ich auch immer was aufstellen. Der Nigga wohnte nur ein paar Stationen weiter und, to tell a long story short: Ich hatte ständig Speed zu Hause und verlebte eine sehr seltsame Zeit, an die ich fast keine Erinnerungen mehr habe. Ein Tag bestand aus sechsunddreißig Stunden Wachphase, in der man alles Mögliche tat, nur nichts Produktives. Man war durch die Droge sozusagen entschuldigt. Rausgehen war fast nicht möglich; man musste sich mit Gras, Alkohol und noch mehr Speed in einen Zustand hineintitrieren, der es einem ermöglichte, unter Leute zu gehen. Wichsen und Internetsurfen hingegen gingen gut. Meinem Mitbewohner beim *Quake III*-Zocken zuschauen war geil. Natürlich immer wieder mal ne Runde dancen auf dem Dielenboden. Wir aßen vielleicht für sechzig Euro im Monat und gaben den Rest für Gras, Alkohol, Zigaretten, Speed und Eintritt aus. Die Erkenntnis, dass so ein Körper doch alle paar Tage eine Handvoll Nahrung braucht. Im Grunde waren wir die totalen Psychos, und alle zwei Wochen gaben wir uns den totalen Absturz, im Tresor meistens, und dann eine Woche zum Erholen. Natürlich mit dem ständigen Anspruch, jetzt mal anzufangen, gesund zu leben, Sport zu machen und mit dem Kiffen aufzuhören. Nach den sechsunddreißig Stunden kiffte man sich für ein paar Stunden angestrengt in den Schlaf, und nach sechs Stunden – irgendeine Tages- oder Nachtzeit – blitzte da schon wieder das Zipperbag mit dem weißen Pulver von dem polar.tv-Flyer auf dem Schreibtisch. Irgendwie war ich nur noch Techno, ein niemals stoppendes Uhrwerk.

Noch einen Song. Spiel noch einen Song, Joe.

Wir lagen mit Rotwein auf dem Bett und hörten Led Zeppelin, live, »No Quarter«. Wie alle vier nur noch fliegen. Alles fließt zu einem von der auf einmal zu eigenem Leben erwachten Kraft der Musik selbst gelenkten Orgasmus. Unplanbar ist so was. Die reine Magie.

Und ich denk: Du lebst nur einmal. Deswegen auch schwuler Sex, Drogen und sich kaputtfeiern. Deswegen auch jedes Verbot kippen. Alles dem Erleben unterordnen. Am Ende bezahlt dich keiner fürs Gehorchen. Und: Eine Sache zu erleben oder eine Sache zu verpassen – wenn du es nur bewusst genug tust, ist es dasselbe Gefühl in derselben Intensität, nur mit umgekehrten Vorzeichen. Wenn du etwas nicht erreichen kannst, sollst du umso konsequenter scheitern. Aber dann auch wieder: vom Trüben ins Klare blicken, dem sich erst rückwärtig erklärenden Weg zum Paradies entgegen.

Zwei, drei kokainhaltige Getränke später stehen wir im Sturm der Beats, im leeren Fluss der Gespräche: »n Kumpel von mir hat nen Zahn verloren, als er in nen Apfel gebissen hat … Oder nee, das warn Butterbrot.«

Grasgeruch: »Ey, ich bin halt so der typische Hat-immer-freundlich-gegrüßt-hätten-wir-dem-nie-zugetraut-Typ. Ich bin auch so der typische Mit-Zigarette-im-Bett-eingepennt-und-verbrannt-Typ.«

»Oder jemandem einen jungen Eisbären als Hund verkaufen, hihi!«

»Gut, ich habe ein paar schlechte Angewohnheiten. Wie zum Beispiel saufen, bis kein Geld mehr da ist.«

»Und ich bestell so und die Alte so: › *Vitamin?* ‹ Ja, einen Moment bitte …‹ Und ich: ›Nein, Ketamin.‹ Und die so: ›Achso. Wofür brauchensen das?‹ ›Keine Ahnung, das ist für meinen Nachbarn, der hat irgendein Problem mit seiner Katze.‹ Wolltse mir aber nicht geben.«

»So, ich sauf mich jetzt tot: Fünfzig Tequila, bitte!«

Es ist zwar immer ganz lustig, sich zu ixt auf einer Clubtoilette zu verlabern, aber irgendwie ist auch immer der der Coole, der dann nach der zweiten Line sagt: »Okay, Leute, gehen wir mal wieder raus, bisschen tanzen.«

Es sei denn, es haben sich ein paar echte Labertaschen getroffen. Die lassen den einen halt gehen und ratschen ganz angeregt weiter und ziehen noch was und setzen sich dann ins Chillout und erleben ganz verbundene Momente im ersten Sonnenlicht. Dann geht man kurz tanzen und sieht sich nie wieder.

Als ich frische Luft atme, bin ich wieder in diesem überfeierten Zustand, in dem man sich nur mit kontinuierlichem Nachsaufen bei Bewusstsein halten kann.

Das gerade Gewesene ist schon vergessen, aus dem Nichts schlittere ich in einen verblassenden Moment der Verwunderung.

»Entscheide dich für ein Leben ohne Drogen!«, schreit mir dann das U-Bahn-Fernsehen von der Decke entgegen.

Das ganze Abteil starrt mich an.

Als ich nach zwei Stunden Technovideos-Schauen aus dem Internetcafé in der Marquez Sterling steige, ist alles easy, bin ich mit der Welt und dem universellen Technospirit im Einklang, nur dass das Mexiko hier grad nicht so wirklich reinpasst. Macht gar nichts. Ich weiß ja, dass es Berlin gibt, und diese Touriperspektive macht alles gleich viel besser: die enge, staubige Straße. Die in Winkeln hockenden braun gegerbten Mexikaner mit ihren großen Zähnen. Die Mittagsstille in der einstöckigen Siedlung, die Plastiktüte, die den Weg entlangtänzelt, Salsa aus dem Radio vom Hausdach. Diese betäubende, brennende Sonne.

Ich denke: Mixtape, Beck's, Görlitzer und komme gleich viel besser klar. Gewinne mit jedem Schritt mein Vokabular zurück, werde wieder Techno, meditiere ins Jetzt und denke: »Peppen, Turnies, Jannowitzer.«

»Geht ihr noch mit auf Party?«, fragt Power und bläst den dichten Rauch hoch in die Äste.

Karim stellt weich das Sternburg auf den Boden und übernimmt: »Wasn für ne Party, Alter?«

Er blinzelt in den verheißungsvollen Spätnachmittagshimmel der Hasenheide, folgt jetzt dem eigenen Rauch, atmet tief Kreuzbergfrühabendfeeling ein. Stella, die kleine Kampfhundbitch, sabbert einen weiteren Tropfen in die weiße Bläschenpfütze neben der grünen Holzbank.

Thorsten steht auf und rotzt jetzt fresh in die Wiese: »Auf Party, Alter?«, er schiebt das Basecap über die Sonnenbrille und spürt nun auch ganz deutlich das Berliner Prepartyfeeling. Es ist ein Hochsommernachmittag in der Hasenheide. Es wird extrem viel passieren. Thorsten lässt den Jointstummel in die Sternburgflasche rutschen. Ein Zischen klingt in aller Ohren und sagt: Joint aus.

Party heute also. Alle drei meditieren über dem Gesagten. Party … nichts drängt.

Irgendwann Thorsten: »Alter, ich bums heut meine Alte, Alter.«

Weiter hinten, unter dem gleichen Himmel auf der gleichen Wiese, die Gruppe Neger, trommeln, trinken auch Sternburg, und labern mit den fetten deutschen Tussen Kauderwelsch. Billiges Hasenheidenhasch liegt in der Luft, dachte ich, fiel. Ich, ein ganz neuer Style, dachte ich und steige tausend Meilen entfernt wieder auf, es riecht wieder nach Tacos und Straßenmüll, bin wieder hier.

Zwischen den Beats brülle ich Bomec ins Ohr: »Und dann … hab ich … ach, fick dich, Alter, dann lies es halt selber mühsam nach!«

Dieses Mal sind wir nicht im Berghain in Berlin, sondern im Neon in der Zona Rosa.

Nur Tunten, »Sweet Dreams Are Made Of This«, und Bomec schreit zurück: »Du brauchst unbedingt noch einen Wodka!«

Ich küsse irgendwen.

Als wir zurückfahren, stelle ich fest: »Die Pforten der Wahrnehmung müssen unbedingt geschlossen werden«, weil, das sind einfach grad ein paar Welten zu viel, die sich hier in diesem Taxi auf der Calle Insurgentes die Hand geben, und Palmen ziehen vorbei.

Das erste Mal traf ich meine Ersatzoma beim Tacoessen. Irgendwann während dieser Saufphase namens Oktober. Ab dreiundzwanzig Uhr hat hier in der Gegend nur noch ein Tacostand auf, und zu dem bin ich wohl eines Abends gewankt. Neben mir saß diese überschwängliche Alte mit dem Affengebiss, und gleich kamen wir ins Gespräch. Ein paar Tage später traf ich sie auf der Straße wieder, und Doña Tina begrüßte mich wie einen alten Freund. Und nicht mal eine Woche später saß ich ziemlich bekifft in einem anderen Tacorestaurant, als wieder Doña Tina eintrat und einen riesigen Freudenausbruch über mir ausschüttete. Wie sich herausstellte, wohnt sie in dem pinken Haus nebenan. Sie lud mich für den nächsten Tag zu sich nach Hause ein.

Dieser nächste Tag lief etwas aus dem Ruder. Ich stand auf, begutachtete Guillermos Medikamentenkiste und entschied mich für Dextromethorphan + Pseudoephedrin. Zwar war ich nicht Pharmakologe genug, um das zu addieren. Aber Junkie genug, um es auszuprobieren. Es war krass. Robotermotorik, Fliegenfangen mit offenem Mund, Beschimpfung des zweiten Ich als dreckige Sau. Ich musste mich ziemlich betrinken, um abends bei Doña Tina nicht aufzufallen. Es gelang. Mit einer Flasche Weißwein als Präsent lief ich pünktlich bei ihr ein. Ein kleiner Allzweckraum, dominiert von einem randvollen Esstisch. Unverbindlich, wie hier alles ist, hatte sie wohl nicht mit meinem Erscheinen gerechnet; ihre Freude war umso größer. Auf einem kleinen Sofa saß Fernando, ein Mann um die siebzig, korpulent, aber fit, dem die wenigen verbliebenen Zähne in alle Himmelsrichtungen standen. Wir tranken und redeten, und alles war gut.

Eine Woche später klingelte es an unserer Wohnungstür. Im Schlafanzug tapste ich zur Tür. Draußen stand Doña Tina mit einer Freundin. Und lud mich zu ihrem Geburtstag am Samstag ein.

Am Samstag ging es mir nicht wirklich gut. Es war der dritte marihuanafreie Tag, und der ist meist von Schwitzen, düsteren Gedanken und Menschenhass geprägt. Ich kaufte Blumen samt Vase und klopfte pünktlich an ihre Tür. Also eine Stunde zu früh. Ich war der erste Gast. Nach und nach füllte sich der Raum mit ihren Verwandten und Freunden. Alles gehobene Unterschicht, zu erkennen schon an all den naturbelassenen Zahnlücken. Wir tranken unzählige Cervecas. Es war eine lustige Runde, und ungewollt fand ich mich bald im Mittelpunkt des Interesses wieder. Ich musste viel von Deutschland erzählen.

»Hitler hat viele Deutsche umgebracht, oder?«

Irgendwann lehnte sich Doña Tinas Freundin Chavella – Typ Fleischereifachverkäuferin – konspirativ zu mir rüber und zeigte mir ein Video auf ihrem Handy. Ein

Typ fickt eine Transe. Aha. So laufen hier also die Familienfeiern. Ich musste auch die folgenden Pornos anschauen, bis Video 12/12. Dann begann man über Chiquis, den Untermieter von Tina, zu lästern. Angeblich ein schwuler, versoffener Indio. Ob ich schwul sei. Nach all den homophoben Ausführungen sagte ich einfach Nein. Man verständigte sich darauf, dass meine mit steigendem Alkoholpegel zunehmend tuckiger werdende Gestik nicht schwul sei, sondern *noble*.

»Airen no es gay, es cabron ¿si?«

»Si.«

Man entließ mich gegen Mitternacht, nicht ohne mich auf einen Ausflug am nächsten Tag einzuladen.

Am Sonntag fahre ich mit Doña Tina, Chavella sowie deren Sohn Manuél in einem schwarzen Käfer nach Xochimilco. Wir mieten eine Fähre und schippern bei brütender Hitze durch das *Venedig Mexikos*. Manuél ist ein Bilderbuchprolet, und ich komme wunderbar mit ihm zurecht. Mit einem Bier in der Hand stehe ich neben ihm an der Reeling und blinzle in die Sonne. Moskitos kreisen über unseren Köpfen, am Ufer spielt eine fünfköpfige Mariachiband zwischen Pinien und Palmen, und Manuél erzählt, dass er, wenn, dann mindestens vier Flaschen Wodka am Abend trinkt. Außerdem boxt er gelegentlich. Alle zwei Wochen besucht er seinen Sohn.

Mit so richtigen Proleten komme ich aus, ebenso wie mit den superintellektuellen Elfenbeinturmbewohnern.

Das Schlimme ist die große unreflektierte Mehrheit dazwischen, der mächtige Kopienapparat. Wir verabreden
uns für nächste Woche zum Billardspielen.

Am Abend liefern wir Tina zu Hause ab und fahren
in die Wohnung von Manuél und seiner Mutter Chavella.
Wir parken in Guerrero, einer der eher üblen Ecken
Mexiko-Citys. Dann über Holztreppen in den zweiten
Stock.

Das Erste, was ich höre, ist: »¡AYAYAYAYAYYY!«

Das ganze Wohnzimmer voller Leute, der eine der
Onkel vom Schwager des andern, alle sturzbetrunken,
alle am Tanzen. Die absoluten Bilderbuchgangster. Jeder
irgendwie tätowiert, am Hals, an der Wade, sonst wo,
und mit Goldkettchen und Schnauzbart.

Ein untersetzter, gefährlich wirkender Typ um die
vierzig kommt mit tequilaflackerndem Blick auf mich zu,
packt mich am Arm und fragt: »Heil Hitler?!«

»Noo!«

»Ahh, mi amigo!«

Dann geht es los. Immer mehr Leute stürzen auf mich
zu: »Du bist hier willkommen. Germany – my friend!«

»Fühl dich zu Hause.«

»Hab Vertrauen! You: my sister.«

»Willst du Tequila?«

»Setz dich. Mein Haus ist dein Haus.«

»Magst du tanzen?«

»Setz dich! Noch einen Tequila? Eine Zigarette?«

»Fühlst du dich wohl?«

»Komm, wir tanzen!«

Der Heil-Hitler-Typ holt seine Pistole raus und fuchtelt damit wild vor meiner Nase rum. Eine potthässliche Bulldogge mit Vorbiss schlängelt sich zwischen den Beinen durch. Eine Frau hält ein Baby im Arm. Ich sitze nur da und sehe zu, dass ich schnellstmöglich besoffen werde.

Morgen werde ich dann bei Doña Tina einziehen.

»Zwei Tänze.«

  »Mit allem?«

  »Mit allem.«

  »Okay, vamos.«

In der Ecke vor dem Eingang, ihre Hand in meinem Schritt, warten wir das Ende des Lieds ab. Denn hier wird nach *Tänzen* abgerechnet, einer pro Song. Ich lüge, dass dies mein erster käuflicher Sex sei, und sie streicht mir über die Wange und fragt: »So heiß?«, und ich ganz unschuldig: »Ja«, und sie greift mir noch mal zwischen die Beine und flüstert: »Mach dir keine Sorgen.« Bryan Adams hat jetzt ausgesungen.

Sie drückt die Westernschwingtür auf und zieht mich hinein, ein schmaler Gang, rotes Licht, fünf offene Kabinen: die Fickstation. Im Vorbeigehen sehe ich in der ersten Kabine einen fetten Mann, der im Stehen rhythmisch ein Mädchen umarmt.

Perla und ich nehmen gleich die zweite, ein mal ein Meter, mit Teppich ausgelegt, sie: »Zieh dich aus, keine Angst.«

Ich setze mich auf die kleine Bank am Ende, und sie sich auf meinen seit drei Tagen steifen Schwanz.

Perla sieht nicht nur verdammt gut aus, sondern geht auch richtig ab: »Findest du das geil? Willst du ihn mir ganz reinstecken? Gefällt dir das? Komm, gib mir alles! ¡Damelo, damelo, damelo!«

Ich sitze nur da, schiebe, greife und versuche mir alles zu merken.

»Ich bin eng, am Anfang hat mir dein Schwanz wehgetan«, sagt sie später.

Aber jetzt fängt schon das zweite Lied an, und ich drehe sie um. Perla ist bestimmt schon Mitte dreißig und nach wie vor selten geil. Aber unter solchem Stress – es beginnt der Refrain – kann ich nicht arbeiten. Die Stellungswechsel werden hektischer, verzweifelter. Ich zahle noch einen dritten Tanz, aber kommen kann ich hier nicht.

Ich gehe wieder zurück an unseren Tisch und versuche umständlich, meinen obersten Hemdknopf zuzukriegen, während das ganze Lokal dabei zusieht. Von Guillermo weit und breit keine Spur. Er ist gerade in einer der anderen Kabinen und nutzt den Wissensvorsprung, dass hier ohne Gummi geblasen wird. Ich schaue mir derweil das etwas dickliche Mädchen an, das sich gerade auf der Tanzfläche entblättert. Die ist keine zwanzig Jahre alt, definitiv bekokst und räkelt sich wie eine Göttin an der Stange. Super. Ich bin pleite und geiler denn je. Da kommt Perla und setzt sich wieder zu mir. Wir tauschen Nummern und verabreden uns für Sonntag in zwei Wochen im Hotel, tausend Pesos für zwei Stunden und zwei Gramm Koks.

Geld geholt. In der nächsten Bar, schon eine Spur abgefuckter, bestellen wir einen Kübel mit zehn Bier. Der erste Alkohol, seit ich vor einer Woche meinen durch dreitägiges Durchsaufen akkumulierten Superkater mit fünfzehn Aspirin kurieren wollte und eine Stunde später einen Viertelliter tiefroten Frischbluts erbrach. Da bekam ich schon Angst. Aber so ein kühles Sol kann jetzt auf keinen Fall schaden. In dem Laden herrscht ein anderes System: Man lädt ein Mädchen auf ein Bier ein, das kostet fünfzig Pesos, dafür setzt sie sich neben dich, greift dir beim Saufen in den Schritt, erlaubt das Gleiche und geht bei Sympathie kurz mit tanzen. Eigentlich ziemlich lächerlich. Trotzdem weiß ich, als wir da raus sind, dass ich so nicht schlafen gehen kann: einmal erfolglos gut gefickt und mich dann auch noch betatschen lassen. Ich zeig mich spendabel und lade Guillermo auf eine Taxirunde um den Straßenstrich ein. Das Mädchen ist hübsch, aber gelangweilt und nach fünfzehn Minuten wieder zurück auf dem Bordstein.

»Du bist definitiv schwul«, sagt Iris nur einen Tag später und schiebt mir ihren Schwanz noch ein Stück tiefer rein. Und das ist ein ziemlich großes Ding für eine Transe. Ich sehe zwei Frauenbeine, zwei Titten und einen Traumschwanz, aber noch immer habe ich zu viel Blut im Koks, um zu kommen. Eigentlich blase ich die meiste Zeit nur, wie irr. Es ist noch keine Stunde her, dass die andere Transe, Carla, glaub ich, mit ihrem typischen hormongeschrumpften Fünf-Zentimeter-Transenschwanz in meinen Mund kam; allerdings hatte sie genau ab diesem Zeitpunkt keinen Bock mehr, stand auf, furzte, zog den Tanga hoch und ließ mich mit meiner Erektion alleine im Stundenhotel.

Und keine weitere Stunde zuvor saß ich noch mit Manuél und den übrigen Gangstern wieder frisch bekokst im schwarzen Käfer, dieser klapprigen Schachtel, die man bei jedem Start extra anschieben muss. Neben mir dieses Mädchen, vielleicht auch ne Nutte, oder halt auf jeden Fall eine Freundin von den dreien. Es stank wie Sau nach Lösungsmitteln, auch aus meiner Hand, und dann küssten wir uns, und die anderen johlten.

Iris hat jetzt zwar auch ihren Spaß, aber irgendwann wird es selbst ihr zu bunt; sie kassiert, schmeißt mich raus, und ich wache in meiner Wohnung auf: krank.

Keine Ahnung, was das jetzt sollte. Aber nach zwei Wochen ohne Gras musste so ein spontanes Besäufnis einfach her. Kostet ja alles nix hier, Gott sei Dank. Und, Mann, meine Ersatzfamilie ist schon anstrengend. Ich meine: Ich war ein Jahr alleine. Ich war ein Jahr dicht. Ich bin das absolut nicht gewohnt.

Und dann hab ich auch noch Carmen gefickt, siebzehn Jahre, für zweihundert Pesos, einen Passivklebstoffrausch inklusive. Und je unbeteiligter sie an die Decke starrte, desto härter musste ich sie natürlich ficken, weil, was geht denn, wie kann man denn keinen Spaß haben am Sex mit mir? Nur dieser scheiß Spiegel … schlimmer wars noch nie. Und Gott sei Dank schnell vorbei, dachten wir beide.

»Gracias«, sie im Anziehen.

»¿De qué?«, ich im Kondomabstreifen.

Wofür?

Dann cruisen wir im schwarzen Käfer durch Mexiko-Citys leere Straßen, überall Müll, Crackadictos, und am Straßenrand die Transen. Wir saufen Bacardi-Cola, und ich frage mich, wann diese beiden *chavos*, die in Deutschland wohl eher Fliesenleger geworden wären, merken, dass ich was ganz anderes bin. Das frage ich mich ja bei jedem, der mir Sympathie entgegenbringt. Denn dazugehört habe ich noch nie. Wozu? Gehört.

Die beiden und der Slum: Das ist exakt das Gleiche wie in der Beratungsfirma im vierzehnten Stock; das Feeling, mal wieder am absolut falschen Platz zu sein, ein platzender Lebensdrang in vier weißen Wänden, atmend, ohne zu riechen, sitzend, während man tanzen sollte. Und ich sitze eben weiter hier auf diesem Berg unausgeprägter Begabungen und weiß, dass ich dieses eine Ding finden muss, dieses eine Extrem, das mich so fickt, dass ich ihm alles widme, sonst wird alles nur Mittelmaß; oder eben high fly, die eine Chance zu rocken, ein Leben auf Gipfeln, das Spiel heilig halten, ein ständiger Orgasmus der Wahrnehmung, alle Farben im Tanz – pures Glück in der Musik der Sprache.

Das kommt noch, sagen die, dies gut meinen.

LILY

»In meinem Dorf gabs einen Esel, der ist vom Denken gestorben«, holt mich Doña Tina aus meinen Gedanken. Vor einer halben Stunde habe ich erfahren, dass ich gestern auf der Geburtstagsfeier ihre Enkelin Lily geküsst habe. »Auf den Mund!«, wusste Rodrigo, deren kleinerer Bruder. Dann hatte ich aber wohl doch einen Ausfall und bin ziemlich übel hingefallen und war plötzlich weg; irgendwo ein paar Straßen weiter haben sie mich dann wieder eingefangen, als ich gerade einen fremden Baum umarmte. Das stimmt mich nachdenklich.

Ich fühlte mich gestern erst noch ein wenig krank von drei Tagen durchsaufen, -koksen und -huren. Und alle waren ein bisschen beleidigt, denn gestern war ja eigentlich der *quinzeaños* von Isabell; der fünfzehnte Geburtstag, das wird hier ganz groß gefeiert; seit Wochen wurde geprobt, und sogar ich habe mir den Waltz angeeignet. Aber am Nachmittag fühlte ich mich noch absolut unfähig, das Bett zu verlassen, für Wochen, mindestens. Mit zwei Tequila ließ ich mich gegen neun dann aber doch noch zu zwei Tequila überreden, irgendein Kulturzentrum in Mexiko-Süd; und nach drei weiteren Tequila vor Ort fühlte ich mich halbwegs zu Hause. Und alle sprachen mich auf Lily an. Dabei war ja noch gar nichts passiert.

Die ganze Sache war natürlich von langer Hand eingefädelt. Schon nach ihrer Geburtstagsfeier vor drei Wochen erzählte mir Tina, dass da eine ihrer Enkelinnen auf mich stehe, Lily. Ich wusste nicht, welche, und Tina holte ein Fotoalbum raus. Da war Lily noch ein bisschen jünger und schlanker und spärlicher bekleidet, sehr geschickt. Gestern wusste dann irgendwie schon die ganze Familie Bescheid.

»Du kannst mich Onkel nennen«, erklärte mir Icidro, ein verlebter, saunetter Rentner mit wildschwarzem Wuschelkopf und Schnauzbart, kaum dass ich die Festhalle betreten hatte.

Man setzte mich natürlich direkt neben Lily. Und Manuél, mit dem ich am Freitag zusammen abgestürzt war, warnte mich: »Die hat auch was mit Frauen.«

»Ich hab auch was mit Männern«, ignorierte ich seinen Blick.

Jedenfalls saß ich auf einmal draußen auf den Treppen neben Lily, und wir küssten uns. Auf den Mund. So einfach, so sehr bringt es meine Welt aus den Fugen, so werden auf einmal mitten im Winter in Mexiko die Bäume grüner und die Luft duftig und überhaupt kitzelig, alles, und ich gehe einen Schritt langsamer und schau. Und dann falle ich, ganz langsam, und stürze nicht.

Scheißen mit Blick aufs Meer. Ficken mit Blick aufs Meer. Kiffen mit Blick aufs Meer. Viel Meer gesehen, diese Woche.

Gerade hocke ich also krebsrot auf dieser Kloschüssel, von oben ragen gelblich die Palmblätter ins Blickfeld, darunter Gestrüpp, Geäst, und dahinter dann, weiter, in Hörweite: das meerblaue Meer und der strandgelbe Strand. Darunter die weiße Brüstung, mit eingelassenen Muscheln. Und ich scheiße. Wuschwusch-schwusch machen die Wellen. Und ich schwitze, vom Scheißen, und vom Ficken noch, und auch vom Kiffen: mit Blick aufs Meer.

Und ich kann mein Glück noch immer nicht fassen. Denn der erste Tag unserer Reise wäre beinahe auch mein letzter gewesen. Es war auf der Ruta 175, in den Bergen der Sierra Madre del Sur, einem links- und rechts- und auf- und abwärtsgeschlängelten Bergpass, der die Provinzhauptstadt Oaxaca mit den Stränden des Pazifik verbindet. Es war spät und kühl an diesem Weihnachtsabend, und wir wollten nur ankommen und noch das Meer sehen und: »Duermete un ratito«, sagte Lily, schlaf doch ein wenig, und ich stellte den Sitz nach hinten und schlief.

Dann wachte ich wieder auf, und noch immer durchqueren wir die schroffe Landschaft: roter Stein und rote Erde und Kakteen; durch das Fenster strömt warme Abendluft. Und das Auto driftet nach rechts, gen Straßengraben, und ich denke: »nach links«, wir driften, und ich übersetze innerlich und schreie schon »¡A la izquierda!«, und wir kommen von der Straße ab, mit gut hundertzwanzig Stundenkilometern, nur ein halbmeterbreiter Randstreifen aus Staub, der aufwirbelt, und ich greife ins Lenkrad und reiße nach links, auf die Gegenspur, und Lily wacht auf, und wir schleudern wieder nach rechts, an den Rand, und dann fängt sich das Auto. Ich atme auf.

Aber dann drehe ich mich zurück, und augenblicklich wird mir schlecht. Denn das, einen halben Meter neben der Straße, das war eben *kein* Straßengraben. Da ging es mindestens hundert Meter steil den Berg hinab. Hundert Meter steil den Berg hinab. Das kann ich erst mal überhaupt nicht fassen.

»Wir wären fast gestorben«, keuche ich.

Und dann noch mal: »Wir wären fast gestorben.«

»Sag das nicht noch mal.«

Erleichterung dann. Als ich die Kinder am Straßenrand sehe und auf einmal alles ein Geschenk ist, ohne Schleife, und ich denke, dass ich dann, wenn ich zurückdenke eines Tages, an diesen Weihnachtsabend in Oaxaca, an dem ich mit meiner mexikanischen Freundin im Auto saß, und wir hörten Maná, und Riesenbäume und Lianen und Kinder am Straßenrand und dieser seltsam verbrannte Geruch, dass ich dann denken werde: dass das doch eigentlich ganz glückliche Tage waren.

CON CARLOS

Das Neue an diesem ganzen Mexiko-Experiment sind nicht die Palmen, die farbigen Häuser, die fettigen Tacos, das lang gezogene Spanisch. Für mich ist es die völlige Einbettung in eine einfache Arbeiterfamilie: Lilys Karriere verlief zwischen einem Marktstand mit Puppen, einem Bankschalter und dem eigenen Saft- und Sandwichladen. Ihr Vater fährt Krankenwagen, ihre Mutter verkauft Kerzen in einer Kirche. Die Leute, die ständig bei Lilys Oma Doña Tina zu Besuch sind, das sind die Putzfrau Carmen, der alte Schlosser Chucho, die dicke Chavella, die von den Alimenten ihres Exmannes lebt. Und mein Mitbewohner, die kleine schwule Chiquis, ist von ihrem Job als Küchenhilfe vorübergehend beurlaubt worden, wegen ihrer ständigen Sauferei.

Das sind alles einfache Leute ohne Allüren, und die Gespräche bestehen aus Klatsch aus der Nachbarschaft, den letzten Neuigkeiten im Verwandten- und Bekanntenkreis, und, na ja, Wetter, Essen usw. Das wird dann mit althergebrachten Weisheiten, Sprüchen und tausendmal gehörten Witzen kommentiert, über die man jedes Mal lacht, als höre man sie zum ersten Mal. Und ich bin da gerne dabei und wundere mich manchmal, wie gut ich mich da einfinde.

Aber manchmal sehne ich mich doch nach meinem Penthouse im Elfenbeinturm und gehe zu Carlos.

Dann gehe ich vor die Tür, über die im Freien stehende Treppe, die die beiden Häuser verbindet, links unten die Töpfe mit dem ganzen Grünzeug, und klopfe gegenüber an der Tür mit dem Gitter, was normalerweise mit einem hektischen Bellen beantwortet wird. Die Tür geht auf, Africa springt mich an, ein kleiner weiß-grauer Wuschelhund, und dann blicke ich in das grinsende Gesicht von Carlos. Carlos: groß, sportlich, kurze Normalofrisur, studentisch kleine Hornbrille, immer etwas derangiert, schlecht rasiert, schiefe Zähne im breiten Mund, freundlich, ein wenig abwesend.

Dann reicht er mir seine Pranke, einmal klatschen, einmal die Fäuste zusammen, und dann kommen wir ganz schnell zwischen Tür und Angel auf Grundsätzliches. Carlos' Stärke: Kapitalismuskritik. Carlos ist einer, der vom Wetter zum Klimawandel kommt, dem es gar nicht theoretisch genug zugehen kann. BWL-Absolvent, zwischen Kant und Marx gefangen, verdient sich Carlos seine Pesos momentan in den Bussen.

Mit der Gitarre auf dem Rücken zieht er dann los zur Eje Sur, bittet mit vorgehaltenem Instrument den Busfahrer um Einlass und stellt sich dorthin, wo Platz ist. Dann fängt er einfach an, schlägt ein paar Akkorde, und spätestens wenn er mit sicherer Stimme anfängt zu singen über Leben, Liebe und die Sorgen des einfachen Mannes, verstummen im Bus die Gespräche.

Und wenn es dann regnet und Tropfen leise gegen die Scheiben tupfen, dann wird der Heimweg von der Arbeit, die abgewetzte Aktentasche, das eingeschlafene Kind im Arm des Vaters, dann wird dieser ganze abgefuckte Bus im Feierabendverkehr von Mexiko-City zum Symbol des ewigen kleinen Kampfs ums Überleben. Ein, zwei Leute steigen aus, eine überschminkte Alte mit schlecht gefärbten Haaren steigt zu, und Carlos singt. Manchmal übertönt seine Stimme die Gitarre so sehr, dass auch die in den ersten Reihen sich umdrehen und sich ein bisschen beschämt fühlen. Doch Carlos ist ganz bei sich.

Nach fünf sechs Liedern ist Schluss: »Guten Abend, señores und señoras. Mein Name ist Carlos. Ich hoffe, es hat Ihnen gefallen. Es würde mich freuen, wenn Sie mir mit etwas Kleingeld helfen könnten. Vielen Dank und einen schönen Abend.«

Dann geht der Diplom-Ökonom Carlos durch die Reihen und sammelt aus ziemlich vielen Händen ziemlich wenige Pesos ein. Und als wäre nichts gewesen, kommt er zurück mit seiner Gitarre, grinst breit und sagt: »Mann, Alter, was für ein Regen.«

Sonntag: Wir fahren in die Marqueza, mexikanisches Voralpenland, ohne Musik. Radio und Boxen wurden erst letztens geklaut, während wir beim Essen waren. Ich fahre. In Mexiko – das ist ja der absolute Witz – kauft man sich den Führerschein einfach.

Auf dem Beifahrersitz Lily, die nach hinten gebeugt ganz angeregt mit Sandkastenfreund Carlos ratscht, der wiederum eine wild wuselnde Africa im Arm hält und erfolglos das Gespräch auf Kapitalismuskritik zu lenken versucht. Der Verkehr aus Mexiko-City heraus ist dicht, aber schnell, und die Landschaft wechselt in Minutenschnelle von seelenloser hoher Büroarchitektur über Tankstellenwüste zu hügeliger Schnellstraße im Nadelwald: Das ist schon die Marqueza.

Es gibt festgelegte Aussteigepunkte; da sammeln sich die Städter zwischen Tacoständen und Go-Kart-Bahnen zum Naturerlebnis. Aber ein wenig weiter, gegenüber, ist ein Berg, leere Felder und oben ein Wald, und da fahren wir jetzt hin.

Wir biegen ab von der Schnellstraße, kommen über steilen Zement ins Dorf und stellen das Auto oben ab, am Rand der Felder.

Africa springt aus dem Fenster und jagt einen noch kleineren Hund unter den nächstgelegenen Käfer. Carlos rennt hinterher. Lily holt die Wasserflasche aus dem Kofferraum, ich schnalle mir den Rucksack mit den Sandwiches auf.

Nach oben, zu den Feldern, ein Weg zwischen Bungalows und Baracken, kein Mensch, nur die Vorgärten bevölkert mit Truthähnen und Eseln, die Einfahrten mit klapprigen, dösenden Hunden. Dann ein staubiger Pfad zwischen staubigen Feldern, links Agaven, rechts Mais. Dann nur noch Feld, steile rotbraune Erde, Africa in einer Staubwolke um uns herum. Wir schwitzen. Plötzlich die Schlange, klein, schwarz und weiß. Schlängelt sich weg. Dann der Wald, wie eine Wand. Wir blicken noch einmal zurück, die Felder in rotem Gold, das Dorf, wie abgelegt, die Schnellstraße, der gegenüberliegende Berg, der könnte auch an der Mosel liegen.

Dann rein. Nur der Anfang ist schwer, das Gestrüpp, und dann liegt ein steiler Hang vor uns, rotes rutschiges Laub im Schatten der Bäume. Kein Weg.

Wir steigen los, kämpfen uns wortlos nach oben. Jetzt kreuzt doch ein Trampelpfad, wir gehen links, da scheint es nach oben zu gehen. Und bald treten wir aus dem Wald in sanftes Nachmittagslicht, schon der Gipfel, wieder ein baumloses, staubiges, unbestelltes Feld, darüber nur Himmel.

Durch Staub stapfen wir zum höchsten Punkt, und Schritt für Schritt erschließt sich eine fußballfeldgroße Hochebene, mit Schafen am anderen Ende, zwei Hirten, kurz der Gedanke: Rauben die uns jetzt aus?, und ein gepflasterter Weg, der eine Schleife durch die Gegend zieht.

Am Rand des Weges lassen wir uns auf einer Grasnarbe nieder, wir die Hirten im Blick, die Hirten uns im Blick. Ich hole die Sandwiches raus, und Carlos zieht aus dem Nichts eine Sardinendose und einen Dosenöffner. Alles wird gerecht durch vier geteilt, hungrig gegessen, dann geratscht bei Zigaretten. Wie Lily mal Faschingsprinzessin in ihrem Dorf in Oaxaca war, wie ich in Goa mal in einer stickigen indischen Nacht Freundschaft mit dem Bahnhofsvorsteher schloss, wie sie Carlos mal als Kind das Fahrrad geklaut haben, daraus abgeleitet Kapitalismuskritik. Dann etwas Wasser für Africa in die Konservendose, ihre Nase stuppst hektisch links und rechts davon, Carlos: »Die ist so blöd«, dann wird es auch schon kühl und Zeit für den Abstieg.

Das geht so schnell, das Feld, der Laubhang, halb springend, halb rutschend, die Agavenfelder, ein Esel in der Mitte des Weges, das Auto aufgeschlossen, die Hosen abgestaubt, eine Drehung im Schloss, und schon sind wir auf der Schnellstraße.

In Mexiko-City, auf der Reforma, schnarcht Carlos schon, den Kopf im Nacken auf der Rückbank abgelegt und Africa, ganz ruhig, im Arm.

»Because I come from the land of plenty«, singt Lily ziemlich falsch zum Radio und schwebt in meinem Rücken vorbei.

Ich spucke etwas Schaum ins Waschbecken und putze weiter. Noch immer habe ich gerötete Augen, weil ich gestern wieder eine ganze Flasche Wein bestellen musste und sie dann noch in die Distillería schleppte, auf einen Mezcal. Aber jetzt, wo das Rührei vom Tisch duftet, kann von Kopfschmerz eigentlich keine Rede sein. Eighties-Pop.

»I come from a land down under«, kommt es schon etwas euphorischer aus dem Schlafzimmer.

Sie steht jetzt vor dem schwarzen Spiegelschrank und plättet sich die Haare. Ich betrachte ihr Spiegelbild und lächle. Bei jedem Zug fletscht sie die Zähne, das sieht hässlich aus, und ich liebe es. Wenn sie kommt, hat sie ein ganz ähnliches Gesicht.

Aber ich habe ihr doch schon tausendmal gesagt, dass sie das nicht machen soll, weil es die Haare schädigt. Schon nach einem Monat hat das so was Altes-Ehepaar-Mäßiges: »Plätte dir doch nicht die Haare.«

»Doch, ich seh sonst hässlich aus.«

»Du schaust nicht hässlich aus.«

Tausendmal.

Am Tisch, alle drei so halb angezogen. Warme Luft, Vormittagssonne, Mainstream-Radio, ein ganz leichter Waschmaschinengeruch: »Frische«, will ich sagen.

»Ich dachte, ihr schlaft noch. Ich wusste nicht, dass ihr schon so aktiv seid«, sagt Joceline, die spitzzüngige, überschminkte Schwester.

In dem einen Monat, den ich sie kenne, hat sie bereits zwei Freunde verschlissen. Vor einer Stunde kam sie im falschesten aller Momente ins Schlafzimmer. Lily schimpfte halbherzig. Jetzt grinse ich und gieße etwas Orangensaft nach.

Mittlerweile bin ich so was von angekommen. In den letzten fünf Jahren bin ich ständig umhergezogen. Ich brauche nicht mehr lange, um *da* zu sein.

Ich bin da und könnte bleiben. In the land of plenty.

LA CHIQUIS

Nach der Arbeit warte ich nicht auf Lily, sondern gehe gleich in die Cantina, in der die Chiquis arbeitet. Die Chiquis wohnt mit mir in der Wohnung von Doña Tina, ihr Name bedeutet so viel wie »kleines Mädchen«.

Die Chiquis ist ein vierzigjähriger, klein gewachsener, stockschwuler Indio, der ein bisschen zurückgeblieben ist, aber stets zuvorkommend. Ein Säufer. Eine Woche zuvor lieh sich die Chiquis von Lily die fünf Pesos, die ihr noch zu ihrem *Presidente* fehlten, einem Billigbrandy übelster Sorte. Leider war ich da schon hacke und nahm den Flachmann, kaum auf dem Tisch, an mich, in für die Chiquis unerreichbare Höhen, und leerte ihn in einem Zug. Die Chiquis schaute traurig.

Montag bis Samstag arbeitet die Chiquis in der Cantina um die Ecke als Küchenhilfe. Alle Angestellten dort achten peinlich genau darauf, dass die Chiquis nicht trinkt. Wenn die Chiquis nämlich trinkt, wird aus dem zurückhaltenden kleinen Männchen ein wilder, singender Papagei, ein tanzender Medizinmann, dessen Indiodialekt keiner versteht.

Ein scheiß Tag liegt hinter mir. Eine halbe Stunde musste ich mir den Anschiss meines Managers anhören, weil ich beinahe vier Wochen blaugemacht habe. Für die ersten drei Wochen hatte ich mir ein komplexes Lügengerüst zurechtgelegt, das man mir, wenn auch nicht glaubte, so doch zumindest glauben *musste*. Eine halbe, sehr unangenehme Stunde.

Ich checke rein, begrüße die über den Abwasch gebeugte Chiquis, dann Jesús, meinen Lieblingskellner. An der Wand hängen zwei große Flatscreens, alles darunter ist billig: weiße Plastiktische, verkrustete Tischdecken, eine Jukebox. Drei Tische sind besetzt; Arbeiter, die ihren Wochenlohn verprassen.

»¿Una Cubana, un Tequila?«, weiß Jesús schon.

Cubanas sind mein neues Lieblingsgetränk. Bier mit Zitrone, Chili und Worcestersauce. Den Tequila zieh ich gleich weg, und nach der Hälfte der Cubana wird mein Blick etwas milder. Vier Wochen Urlaub für eine halbe Stunde Anschiss waren eigentlich kein schlechter Deal. Und schon hält mir jemand von hinten die Augen zu. Ich küsse Lily. Und zwei Tequila, bitte.

»Schatz, nimm es mir nicht übel, aber du bist ein Alkoholiker«, hatte sie mir vor ein paar Wochen schon im Auto eröffnet.

Das macht aber gar nichts, denn fast jeder Mann im Umfeld meiner Familie hat zumindest seine Saufphasen. Und wenn der Mann ordert: »Hol mir ein Bier!«, so gehorcht die Frau, wenn auch unter Protesten. Mit einem Knall landet dann die Flasche auf dem Tisch und unter Flüchen wird die Krone abgehebelt. Dabei wehre ich mich ja gegen den Ausdruck Alkoholiker. So schnell geht das nicht.

Als man uns den falschen Tequila liefert, bestelle ich nach und rufe die Chiquis an unseren Tisch. Die Chiquis umarmt Lily ganz herzlich, und sofort wird klar: Die Chiquis hat wieder heimlich gesoffen. Ich biete ihr den Tequila an, und die Chiquis geht in die Knie und kippt hinter dem Tisch schnell die beiden Gläser.

Aber der Plan lautet ja heute eigentlich: Koks kaufen. Wir wollen feiern gehen oder zumindest harsch ficken.

Das geht ganz einfach. Wir fahren in die Zona Rosa, das St. Pauli von Mexiko-City, schauen zweimal blöd, und schon steht die Connection. Um die Ecke. Fünf Briefe, in jedem ein Viertelgramm Koks. Die Parkgaragentoilette bestätigt die versprochene Qualität.

Wir fahren noch einmal in die Cantina der Chiquis. Letzte Woche habe ich da den Licenciado Guzmán getroffen, Exfinanzsenator von Mexiko-City, durch einen Korruptionsskandal leider gestürzt, ihn und seine vier Bodyguards. Nachdem er Lily und mich auf die zweite Flasche Champagner eingeladen hatte, versprach er mir einen Job in der Regierung oder zumindest einen in der kommunistischen Partei.

Ich bin noch immer im Anzug deshalb.

Als wir gegen elf eintreffen, sitzt der dicke Licenciado schon dort, mit einem ganzen Haufen Parteipolitiker. Man grüßt. Man setzt mich an den Tisch. Man stellt mich dem Abgeordneten Alberto vor. Man verteilt Visitenkarten und zahlt die Rechnung.

Lily und ich trinken aus und freuen uns auf das Koks.

In ihrer Wohnung. Lily hat noch nie gekokst. Ganz einfach, Baby: Strohhalm anlegen, Nasenloch zuhalten, einatmen. Strohhalm gegen Line-Ende bewegen.

Das erste Pac ist weg.

Lily beginnt zu erzählen. Ich bin ganz locker und höre zu. Auf Koks kannst du wirklich zuhören. Nicht dieser krankhafte Rededrang wie auf Speed. Du redest, ich horche.

Und wehe, du machst einen Fehler.

Das zweite und das dritte Pac. Lily kommt nicht zum Punkt.

»Komm zum Punkt, Lily.«

Lily setzt drei Jahre vorher an.

Lily sitzt auf dem Sofa und atmet schwer. Alle paar Sekunden zieht sie hoch, durch die Nase. Ganz, ganz kranke Situation jetzt.

»Oh, sorry, Lily. Oh, sorry. Oh, scheiße Mann, das habe ich nicht gewollt. Das sind die scheiß Drogen. Oh bitte, ich liebe dich!«

Lily schaut mich aus Riesenaugen an, atmet heftig aus, atmet ein, kaut, zieht hoch. Ihr ganzer Körper zittert.

»Oh, scheiße, Lily, das wollte ich nicht!«

»Nein, wieso, das ist okay. Aber morgen kaufen wir neues Koks!«

Diese verdammten Anfänger.

»Nein, Lily, morgen kaufen wir kein Koks, wir nehmen das nie wieder zusammen!«

Lily starrt ganz wild an die Wand und kaut weiter wie verrückt: »Was, wieso, doch, morgen kaufen wir wieder was. Ich fühl mich gerade voll gut. Ich könnte dir gerade alles sagen, ich habe gar keine Angst!«

Ich fühle gar nichts, ich bin leer, bin eiskalt, kann rechnen. Ich kann nicht mal nett sein. Ich ziehe Lily ins Schlafzimmer und lege sie hin, will sie küssen. Es geht absolut nicht.

Puh … ich fühl mich schlecht. Und wo genau bei diesem ganzen Problemkomplex, der mich heute runterzog, Ursache und Wirkung liegen, ist nicht einfach zu bestimmen.

Ich konnte die ganze Nacht nicht schlafen; das lag sicher auch am Alkohol.

Diesen Montag nach der Arbeit war Lilys Onkel Icidro gekommen; der gefällt mir gut, seit ich weiß, dass er halb Guerrero auf dem Gewissen hat. Aber das ist lange her, als ihn die Soldaten jagten und er in Frauenkleidern sein Dorf verlassen musste und ihm dieser Song gewidmet wurde. Icidro ist ne coole Sau, jedenfalls, nur jetzt schon siebzig, und mit dem musste ich bis Mittwochmittag abstürzen.

Donnerstag … das waren so Schemenzeichnungen, hundert Stellungen des Kamasutra, und wir haben das irgendwie nicht auf die Reihe gekriegt. Mein ganzer Körper kribbelte noch, weil, wenn ich ein paar Tage durchsaufe, das packe ich gesundheitlich irgendwie nicht. Dabei auch noch die Arbeit im Hinterkopf; Müllermeister Glos kommt ja am Wochenende nach Mexiko, und ich musste da was für meinen Chef vorbereiten. Und dann, schon richtig angepisst, kam mir auch noch Lily blöd.

Aber ich schreibe ja besoffen, wie je.

Dann lag ich also gestern Abend ganz übel verkatert in meinem kleinen Bett hier bei Doña Tina, und Lily neben mir, und ich war am Schwitzen und konnte null schlafen. Das ging bis heute früh, dann der Wecker, und dann ein angepisster Sprung in einen verfickt herangefürchteten Tag. Auf Arbeit grüß ich ja eh keinen, aus Prinzip, nee: weil es einfach nicht geht. Da ist so eine Riesenlücke, in allem, und lügen kann ich leider nicht. Wenn, dann so ganz perfide hinterhältig, aber so im Alltag leider gar nicht. Da halt ichs Maul und grenz mich schön aus; und das fühlt sich dann auch schlecht an.

Deswegen bin ich nach der *Arbeit* dann auch gleich in die Cantina und jetzt schon hacke, und dann kommen die bald und schimpfen. Und deswegen, weil das klar war, fühle ich mich den ganzen Tag schon schlecht.

Es regnet.

Die Regenzeit in Mexiko hat angefangen, das sehe ich nicht als Omen. Es riecht wieder so leicht nach Mist, das sehe ich nicht als Metapher. Es riecht eher so süßlich nach Mist; aber ich rieche auch seit Kurzem rechts eher schlecht, genauer, seit ich Lilys Schlankheitspille weggezogen habe und es dann auf links irgendwie gar nicht mehr probieren wollte.

Mexiko ist tausend Lichter. Ein Dauerpoppersrausch hat auch was Angenehmes. Aufgepasst, die Party naht: Wir kommen durch die Nacht.

Es dürfen halt nur weder Geld noch Drogen ausgehen. Und Schluss, Schluss, Schluss. Finito, chiquita, das war ein Streit zu viel.

Ich schreibe nur, was ich sehe, und sehe nur, was alle sehen. In der Cantina namens und selber nur mehr: »Der verzweifelte Wolf.«

Natürlich bin ich hackedicht. Keiner erwarte noch irgendwas von mir außer deplazierter Kotzaction.

Ich bin wieder Airen, der Antiheld zwischen den Welten. Die Schreibe hat wieder übernommen. Einen Wodka, bitte.

VERSIONEN

Der beschissenste Sound, der dich aus deinem versoffenen Schlaf in einen verkaterten Freitagmorgen katapultieren kann, ist mexikanisches Frühstücksfernsehen:

»*Y ahorita, ¡que paaadreee!* (Kreischen der schönoperierten Mitmoderatorinnen) *vemos a la nueva colección de nuestra amiga.*«

»Oh, fuck, Lily, bitte, mach das aus …«

Wie gesagt, es ist Freitagmorgen …

Die offizielle Version:

Vom 23.12. bis 6.01. habe ich Urlaub genommen. Ab dem 07.01. habe ich im 10. Stock gearbeitet, da mein Stuhl im 17. besetzt war. Deswegen hat man mich dort auch nicht gesehen.

Vom 13.01. bis 15.01. war ich auf einem spontanen Kurztrip mit meiner Freundin nach Cuernavaca, weswegen ich die Mail vom 13.01. weder lesen noch beantworten konnte. Dass ich mich für diesen Urlaub nicht vorher abgemeldet habe, tut mir leid.

Vom 16.01. bis 20.01. habe ich gearbeitet.

Am 21.01. wurde ich wegen einer Salmonelleninfektion ins PEMEX-Krankenhaus eingeliefert. Während der ersten Woche war ich aus gesundheitlichen Grün-

den nicht in der Lage, Bescheid zu geben. Anschließend wurde ich bis 15.02. krankgeschrieben.

Am Samstag, 16.02., wurde ich nahe der Metrostation
Hidalgo von einem unbekannten Fahrzeug angefah-
ren. Ich wurde mit Läsuren und Stauchungen ins
staatliche Krankenhaus Ruben Leñero eingeliefert.
Die folgenden beiden Wochen verbrachte ich im
Bett. Da die Dame, bei der ich wohne, Analphabe-
tin ist, konnte sie leider nicht in der Arbeit Bescheid
geben. Nun habe ich zwei Nachbarn gebeten, meinen Rollstuhl vom zweiten Stock auf die Straße zu
befördern. Deswegen bin ich jetzt auch im Internetcafé und kann Ihnen sagen, dass ich bis einschließlich
31.03. krankgeschrieben bin.

Lily kommt gut geschminkt an die Rezeption und über-
gibt das Dokument. Es werden Manager und Sekretärin
geholt. Ein pneumatischer Halt, ein gefederter Anlauf,
Aufruhr in der Regel. Das kann man erst mal überhaupt
nicht checken, das hat in der Firma noch keiner gebracht.
Die Lederschuhe kehren bemüht zum Aufzug zurück.

Lily schlendert zum Auto. Ich reiche ihr meine Ca-
mel und: »Wie liefs?«

Die schwarze Kasse:

200 Pesos Krankenbescheinigung Krankenhaus PEMEX
120 Pesos Bestechungsgeld Polizei, Trunkenheitsfahrt
ohne Führerschein und Licht
100 Pesos Bestechungsgeld Polizei, Falschparken in
der Einfahrt zur Bank BANAMEX
150 Pesos Bestechungsgeld Polizei, Parken auf Fuss-
gängerüberweg
400 Pesos Krankenbescheinigung staatliches Krankenhaus Ruben Leñero

REALITY

Es ist ein seltsames Zeitloch, in das ich gefallen bin. Die Tage vergehen in Mexiko in einer anderen Geschwindigkeit. Der Augenblick wird stärker, Sonne, man nimmt sich Zeit, sich hinzusetzen, die Straße entlangzusehen, dann auch eine zu rauchen. Und wenn man abends zurückblickt, gibt es kaum ein Ereignis, an dem man den Tag aufhängen könnte. Irgendwie hat mich diese ganze Liebessache von Anfang an ans Kiffen erinnert.

Ich kann auch gar nicht genau sagen, was ich seit Anfang Dezember gemacht habe. Viel im Bett gelegen, sicher. Gefickt, in guten Restaurants gegessen, Videos geschaut, durch die Stadt gelaufen.

Auto gefahren. Spazieren gegangen in La Marqueza, den Ersatzalpen dreißig Kilometer vor Mexiko-City. Musik gemacht mit Carlos. Versuchte mich zu erinnern, was für ein Monat gerade ist. Im Pervert gedanced, dem einzigen Laden hier, in dem guter Techno läuft.

Eigentlich verdammt wenig für drei Monate. Ich war halt nur nie alleine. But don't be so stuck on the past.

Es zieht. Lily drückt meine Knie noch weiter nach unten, da kommt es über den Zaun: »Deine Eier!«

Es sind die Bauarbeiter, die den Sportplatz in Caracoles ausbauen und bereits seit einer guten Weile herglotzen, als wäre Hernán Cortéz eben erst an Land gegangen. Ich presse meine Augen zu, schwitze noch ein bisschen mehr und denke erst mal, ich hab nicht richtig gehört.

»¡Guerito!«, jetzt.

Das lässt keine Zweifel mehr offen. *Guero*, Bleicher, werde ich hier bei jeder Gelegenheit genannt.

»Was darfs sein, Bleicher?«

»Mit was drauf, Bleicher?«

»Zum Mitnehmen, Bleicher?«

»Macht fünfzehn Pesos, Bleicher.«

Nach einem halben Jahr in Mexiko habe ich mich langsam an diesen Sonderstatus gewöhnt. Daran, in jedem Restaurant die Rechnung prüfen zu müssen, weil man mich als Weißen für reich hält und somit bescheißen darf. Daran, an jeder Ecke angestarrt zu werden wie im Zoo, an vorbeifahrende Busse mit zwanzig auf mich gerichteten Augenpaaren. Als *Bleicher* angeredet zu werden, auch wenn mir das jedes Mal schräg einfährt. Das ist die gewöhnliche Diskriminierung, reverser Rassismus, hab ich jeden Tag. Aber einfach so bei Dehnübungen dumm auf meine Eier angelabert zu werden, das ist neu.

Wir wechseln, ich schau nicht mal und drücke nun Lilys Beine auseinander.

»Stinkt nach Muschi.«

Jetzt seh ich doch rüber und erkenne unter den Bäumen zwei Jungs in weiten Gangsterklamotten, der eine fett, auf einen Spaten gestützt, der andere kleiner, mit Milchbart und ausrasierten Seiten. Kaugummi kauend, abwartend.

Na ja, lachen: »Auf gehts Lily, sechs Runden.«

Ich schalte die Mucke an, Jeff Mills und Green Velvet, das ist alles, was geblieben ist vom Tresor, von durchwachten Wochenenden, als alles nur der Moment war, eine zukunftslose Insel im Glück, als diese Nachmittage im Sommer mit der Bong, oh, Scheiße, als ich noch allein war und so reich an Empfindung, als mir jeder verfickte Grashalm ins Bewusstsein schlug wie glänzender Strom, und jetzt: Green Velvet im MP3-Player auf der Aschenbahn. Ich meine, ich lass mir von meiner Freundin die Fußnägel schneiden. Ich sauf nur noch einmal die Woche. Ich liege bei einer Zigarette täglich, abends. Ich mache Sport! Alles läuft aus dem Ruder …

Nach sechs Runden, zwischen Liegestützen und Oberschenkeldehnung, Lily: »Die haben mir jede Runde nachgerufen. Ich scheiß die jetzt bei ihrem Chef an.«

Ich bin dabei.

Hinter der Baracke, mit dem Bleistift hinterm Ohr, steht der Ingeniero, über Papier gebeugt. »... und haben uns jede Runde was nachgerufen, nur weil er Deutscher ist.«

Der Chef ist auch dabei.

Wir überqueren den Sportplatz, und hinter dem Zaun stehen schon die beiden Prolos, glotzen ganz ungläubig, diesmal den Chef an. Fangen an zu arbeiten wie wild. Als wir fast da sind, packt der Kleine seine Schubkarre und zieht an uns vorbei.

»Wo willst du mit der Schubkarre hin? Komm mit.«

Der Chef ist jetzt ganz deutlich sauer. Es gibt Anschiss vom Feinsten. Der Dicke nimmt sein Cap vom Kopf und kratzt sich, wie ein Affe, sorry.

»Beim nächsten Mal fliegt ihr raus.«

Ich kann es echt nicht glauben.

Ich war immer der, der von Weitem den Lehrer kommen sah, mit irgendeiner Petze im Schlepptau. Der mit dreizehn Verweisen jahrelang den Rekord an der Schule hielt, bis 2000 der Fischer beim Spicken erwischt wurde. Der eine halbe Stunde beim Chef im Zimmer saß, weil der Personalchefin in der Kantine die Worte gefehlt hatten. Jetzt stehen mir zwei grübelnde Jungs gegenüber und drucksen mühsam ein *perdon* hervor. Ich kanns echt nicht glauben.

Dass ich auf der anderen Seite stehe.

LETZTE ZUCKUNGEN

Ich habe lange überlegt, ob ich trinken soll. Es ist ein sommerlicher Morgen mit Schattenspiel auf den Mauern, mit glitzergrünen Bäumen und majestätischen Alleepalmen; ein Pfeifen hängt in der Luft, und das bin ich: »We won't get fooled again«, singen The Who. Es gibt nicht mal Verkehr.

Lily habe ich gerade in ihrem Kurs abgeliefert und sehe jetzt einem mal wirklich freien Tag entgegen. Ich habe die Einsamkeit vermisst. Ich bin schon froh, wenn ich mal in Ruhe zum Wichsen komme. Am Straßenrand Horden von Schulmädchen, in grüner Uniform mit weißen Kniestrümpfen, und ich denk mir: Von denen wurde auch mal eine … und schäm mich im gleichen Moment.

Zu Hause will ich mir dann wirklich einen wichsen. Ich überlege, ob es irgendwas krass Verbotenes gibt, irgendwas total Abartiges, etwas, das ich noch nie gemacht habe. Mir fällt nichts ein. Ich habe alles durch.

Natürlich kommt dann der Stromausfall genau in dem Moment, in dem Dillan Lauren ihre Muschi von innen gegen den Flatscreen drückt. Drei Minuten später betrachte ich teilnahmslos die Samenstrahlen, die sich auf meinen Bauch ergießen.

EWIGER PROLOG

Und ich laufe noch immer durch Mexiko. Ohne Plan, ohne Geld, ohne Zutun. Es ist nicht mal nur die Bequemlichkeit, es ist auch der Spaß am Gegenbeweis. Ich habe mich einfach mal so in Mexiko-City eingeparkt. Und zahle nicht mal Gebühren. Die Kondition, die ich mir abends auf dem Sportplatz antrainiere, saufe ich mir an den ungeraden Wochentagen wieder weg. Während Berlin ein rasender Sturzflug war, den ich manchmal gar nicht schnell genug mitschreiben konnte, ist Mexiko ein trübes Schweben auf unbestimmter Höhe. Es passiert gar nichts. Ich kann mich bei all der Hitze nur besaufen. Aber es fehlt die Peergroup, es fehlen die Mitsäufer, die Nasenausgeber, die Auf-Party-Überreder, die Tütenbauer und Mischemacher, es fehlen die Anrufe früh um sieben, wo nur der Bass aus dem Handy scheppert und irgendwer ruft: »Komm!«

An diesem Nachmittag ist es ganz ruhig. Durch das weit geöffnete Fenster strömt ein warmer Wind aus hingetupften Wolken, die hellblauen Gardinen wiegen sich zu trippelndem Minimal gegen die weiße Kalkwand, und ich liege auf dem Himmelbett und trinke halbe Tequila-Shots und rauche halbe Zigaretten. Es geht noch immer. Ohne Plan, ohne Geld, ohne Zutun.

Und erfahre jetzt also zum ersten Mal, dass die Liebe ganz blind bremst, jeden Tag gleich macht unter dem Primat einer eben jetzt oder eben jetzt gerade nicht erfahrenen Liebe, dass dann auch der absolute Stillstand einen Tag füllen kann.

Letzthin bleibt alles ein Experiment. Buchstaben aneinanderreihen, Tage verkleben, Sinn zusammenfügen. Es sollte dann *ein* Stück daraus werden, eine verschmiedete, überdichte Lebensmasse. Mehr als nur ein ewiger Prolog.

VERACRUZ

»Erst ma kacken, Alter.«

Vorsichtig lasse ich mich auf der knallroten, unbedeckten Schüssel nieder. Denn noch immer gibt es Momente, in denen ich Deutsch denke und spreche.

Das Unangenehme an diesem Klo hier in Veracruz ist die fehlende Spülung. Deswegen steht neben meinen Füßen die Plastikschüssel voll Wasser aus dem großen Fass im Hof. Dort regiert Booker, ein saugeiler Kampfhund und Freund von mir. Das Dumme an der Schüsseltechnik ist, dass man das Wasser erst nach dem Scheißen zugibt und nicht schon mal vorspülen kann, wenn nach ein, zwei Murmeln langsam der Geruch ankommt. Und ich schwitze.

Veracruz ist extrem heiß, über fünfunddreißig Grad tagsüber. Die ersten Nächte haben wir das Bettlaken in kaltem Wasser getränkt; am Morgen war es furztrocken und die Haut mit Dutzenden kleinen Moskitobissen übersät. Für diese Hitze wiederum ist die Schüsseltechnik wie geschaffen: Tagsüber schließe ich mich alle halbe Stunde in einem kleinen Badehäuschen neben dem Klo ein und gieße mir ein paar Schüsseln Wasser über den Kopf. Die Badehose habe ich seit Tagen nicht ausgezogen.

Veracruz war eine weitere glückliche Wendung, ein Geschenk des Himmels, wir sehen: Gott ist mit den Tunichtguten. Ich habe seit Januar fast nicht gearbeitet, keinen Strich getan, nur Atteste gefälscht, silberne Manschettenknöpfe verkauft, die Steuererklärung gemacht und zwischendurch mal die Fender verpfändet. Vor einer Woche, als ich schon kurz davor war, mir Arbeit zu suchen, kam von Lilys Mutter der Vorschlag mit Veracruz, die Familie besuchen. Und bei der sind wir jetzt schon seit einer Woche und verbringen die Tage am Meer. Die Strände sind leer, das Wasser sauber und reich an Fischen und anderem Getier. Ich trage einen Krebsbiss am Daumen und zwei an den Zehen.

Und Veracruz fühlt sich gut an. Mexiko-City begann mich zu langweilen; ich hatte das meiste gesehen, der Geruch störte nur noch, der Verkehr war ein täglicher Kampf, Mexiko-City ist nur eine Megastadt gone bad. Veracruz ist bunter, die Menschen dunkler, ein unaufdringlicher Touristenort mit viel Palmen, Grand Hotels und abends gebratenem Scheiß. Veracruz riecht nach Urlaub, nach Sonnenöl, nach Meeresfrüchten, und ein bisschen auch nach Geld. Lily und ich werden hierherziehen, das habe ich gerade in dieser stickigen Toilette beschlossen.

Als wir vom Sportplatz kommen, gut durchgeschwitzt, die Sonne im Kopf, Moonbootica im Ohr, den Puls im ganzen Körper, kommt, direkt vom Zaun, ein Kreischen und Wimmern, und ich denke erst, das sind vögelnde Vögel, doch dann sehe ich ganz unten am Boden einen kleinen weinenden Hund. Einen Welpen, der, sitzend, mit geschlossenen Augen, einfach nur den Himmel anjammert. Nun sind die Straßen hier voll von Hunden, von zumeist hässlichen Kreuzungen mit struppigem Fell, hinkend, Müll fressend, urinierend. Und sicher würde unser Baby hier bald auch zu so einem Straßenköter heranwachsen. Aber in diesem Moment ist es einfach nur ein erbärmlich weinendes Hündchen, und als ich es aufhebe und den Dreck sehe und die Flöhe, und es rieche, macht das irgendwie überhaupt nichts aus. Es ist ein Mädchen. Augenblicklich schläft Sie ein.

In der Dusche, als ich Sie auf dem Arm halte und Ihr den Staub und Schlamm aus dem dichten schwarzen Fell wische, beginnt Sie wieder zu weinen, Ihre kleinen scharfen Krallen in meiner Brust zu vergraben. Dann gebe ich Ihr Milch, wickele Sie in ein weißes Handtuch, und nur Sekunden später schläft Sie schwer atmend wieder ein.

Von Anfang an habe ich gesehen, dass das rechte Hinterbein nicht okay ist, seltsam nach innen geknickt und lahm.

Wir fahren zum Tierarzt. Die Tierärztin pudert die ganz ruhige Sie auf dem Blechtisch ein, die Flöhe fliehen, dann tastet sie alles ab und stellt fest: Sie ist fünf Wochen alt, hat eine gebrochene Hüfte, ein gerissenes Bauchfell, die Organe schon leicht verrutscht, der Unfall wohl schon ein paar Wochen her. Dann listet sie uns auf einem Blatt Papier alles auf, mit dem Preis daneben: das Röntgen, die Operationen und natürlich die Impfungen. Wir haben das Geld nicht. Wir wählen die billigste Variante ganz unten rechts auf dem Zettel. Ich sehe Sie noch einmal an, wie sie Sie in den Käfig sperren, dann gehen wir in die Stadt. Als ich am Nachmittag in die Klinik komme, ist Sie bereits tot.

Ich nehme die Plastiktüte mit dem kleinen schweren Hund, noch immer in sein Handtuch gewickelt. Auf einem Hügel am Stadtrand graben wir mit Hacke und Schaufel ein kleines, tiefes Loch in den steinigen, roten Boden, nicht größer als ein DIN-A4-Blatt. Ich nehme das Tuch aus der Tüte, lege Sie ins Loch, decke auch das braune Ohr zu, das noch aus dem Tuch herausschaut, und schaufle Staub und Steine, bis alles wieder aussieht wie zuvor.

Dann stapfen wir mit den Gerätschaften davon. Ich wollte Sie Katia nennen.

ACAPULCO

Acapulco ist ein öliges Schwipp-Schwapp, blitzende, geldgebleichte Zähne, eine besonnte Nazilagune, House-Music und Meeresfrüchte, ein mexikanisches Las Vegas, überteuerte Drogen, das Haus von dem und dem, Victoria-Kronkorken im Sand, gegenseitig in den Mund geschobene Melonenstücke, ein Albtraum von Mexiko, eine Messe sämtlicher in der Welt vertretener Hotelketten, rangeklatscht an die zehn Meter Strand. Eine immersommrige Geldausgebestation.

Wir kamen spät. Das Luxushotel. Es war klar, dass dieser Ort nach Gras ruft, nach Kiffen, besser: dass hier auf jeden Fall einer aufgebaut werden musste. Lily und ich ließen die Oma im Stich und gingen auf den Strip.

Samstagabends ist der Strip die Tangente am Scheitelpunkt der Jugend. Da ist der Mittelstreifen, mit Palmen bepflanzt; die geben im roten Abendlicht ein exotisches Miami-Feeling ab. Rechts wummern Bars, und es rauscht der Strand, ein warmer Abendwind, der Geruch gekaufter Sachen: Bitte, geben Sie ihr Geld hier ab. Miniröcke.

Keiner geht hier einfach so. Du stellst Titten oder Geld zur Schau, dein Auto oder die modelreife Nutte an deiner rechten Hand, Haare bis zum Arsch, Ficken:

fünfzig Euro, Ritz oder Hilton. Wir sind in Acapulco, und das vergisst du keinen Moment. Was du auch machst, du wirst stereotyp, ein neonbeleuchtetes Symbol deiner Persönlichkeit, so wie dieser Ort selbst seit Jahrzehnten ein Symbol ist für Sex und Sonne und die Wohltaten amerikanischer Direktinvestitionen. Ich war längst besoffen.

Ich sah die langbeinigen, großtittigen, eng gekleideten, sich die Zähne leckenden, arschwackelnden, an unseren Tisch schielenden, äh, Transen. Ich sah in den Himmel gestreckte Zungen, hörte Techno und dachte: Ecstasy. Ich fraß Fische für zweihundert Pesos und sah und fühlte und dachte viel und stets: Acapulco.

Schnell kauften wir Gras. Ins Auto und heim ins Hotel. Man kann bekifft einfach besser küssen, besser ist gar kein Ausdruck; auf Gras küsst du, und nüchtern knutschst du. Wir küssten uns also. Das Gefühl, dieses Gefühl, und mein Leben lang will ich nur küssen, Liebe und Schweiß und Liebe: So war Acapulco bei Nacht.

Am nächsten Tag das Ganze in Blass. Man ist dann ja halb breit, hat in der Früh vor dem Fick einen kleinen Joint geraucht und sich auf dem Weg zum Strand ein Bier gegönnt, und am Strand leert man das nächste, alles schon langsamer; man vertraut darauf, dass in der Nacht der Bock wieder durchkommt und hängt schlaff im Wasser. Und so breit wie man da vor sich hin chillt, das Hotelpanorama im Blick, schwimmt oder nicht schwimmt, sich gut bedient treiben lässt und langsam dem nächsten gegrillten Fisch entgegenfühlt: Bei Nacht ist dann alles wieder da.

Man könnte es Party nennen. Aber Acapulco ist nur die Freiheitsstatue des Konsums.

2 DE OCTUBRE

Am 2. Oktober 1968, zehn Wochen vor Eröffnung der Olympischen Spiele in Mexiko-City, versammelten sich Hunderte Studenten auf dem Platz der drei Kulturen im Stadtteil Tlatelolco zu einer Demonstration. Die Studentenproteste hatten auch in Mexiko ihren Höhepunkt erreicht, die Professoren waren im Streik. An diesem Nachmittag eröffneten Scharfschützen des Militärs von umstehenden Gebäuden das Feuer auf die Protestierenden. Viele saßen, keiner trug Waffen. Bis heute ist die Zahl der Opfer unbekannt, wird aber auf mehrere Hundert geschätzt. Mittlerweile sind viele der Forderungen der Demonstranten umgesetzt; Mexiko ist zwar ein korruptes, aber weitgehend freies Land. Heute ist der 2. Oktober nur noch eines: der beat-your-local-cop-day.

Vor dem Ausgang der Metro Tlatelolco, auf einem kleinen, von Mietshäusern und Pflanzungen eingegrenzten Platz, befinden sich bereits die ersten Gruppen. An die hundert Studenten stehen eng beieinander, schwenken Transparente, rufen Sprechchöre. Das ist in etwa der Umfang, den ich erwartet habe. Ich sehe mir das kurz an und denke: Ich geh mal ne Runde. Aber auch auf der nächstgrößeren Straße haben sich Menschen versammelt; alles scheint auf einmal einen Zug zu haben, eine

Richtung, und es werden immer mehr. Die Eje Norte ist bereits dicht, am Straßenrand sind Dutzende Busse abgestellt. Jetzt Sprechchöre überall. Der Grasgeruch schwallt in Wolken heran. Dann die beliebte Anhalten-hochzählen-losrennen-Technik. Stimmung. Ich sehe über Tausende Köpfe hinweg und kann weder Anfang noch Ende ausmachen. Ein riesiger schwarzer Block. Die Leute: jung, bunt, vermummt. Und je näher sie dem Zentrum kommen, desto bestimmter die Rufe, desto entschiedener der Schritt. Auf der Reforma, der Haupt-verkehrsader Mexiko-Citys, sieht man die ersten Poli-zisten. Die gesamte Frontseite des MetLife-Towers wird von einer Hundertschaft mit Schlagstöcken geschützt. Der Zug hält an und beschimpft die Polizisten als *pinches putos pendejos*. Ebenfalls: »Regierung und Polizei: die gleiche Sauerei!« Das geht etwa zwei Minuten, dann setzt sich der Zug wieder in Bewegung und rückt hun-dert Meter vor. »Pinches putos pendejos«, beginnen nun auch die Nachgerückten zu gröhlen, werfen ein bisschen mit Popcorn und machen bald Platz für die Nächsten. Ich sehe mir das ein paar Runden lang an, dann lasse ich mich wieder mittreiben. Mittlerweile sind wir im histo-rischen Zentrum angekommen, Calle Francisco Madero. Der Hall der Trommeln vervielfältigt sich zwischen den Häusern, der Himmel ist voll von Pfiffen, Schreien und Gesängen. Böller knallen. Die heruntergelassenen Jalou-sien der Geschäfte wummern unter den Tritten. Ein Tele-fon wird aus dem Boden gerissen und kracht in die

Scheiben der Bancomer-Bank. Dann wird es wieder ruhiger. Wir sind am Zócalo angekommen.

Auf dem riesigen Platz vor dem Regierungsgebäude verläuft sich die Menge zunächst. Es werden Reden gehalten; Lehrerstreik in Jalisco, das turnt ein wenig ab. Aber aus der Francisco Madero strömen noch immer die Menschen. Die Polizisten, die zu Hunderten die umstehenden Gebäude säumen, den Regierungspalast, die Arkaden mit den Juweliergeschäften, stehen stumm da. Es wird Abend.

»Herr, bleibe bei uns, denn es will Abend werden.«

Vor ein paar Jahren las ich diese Inschrift an einer Kirche, als ich, meinen ersten 1. Mai erwartend, im Görlitzer Park noch einen letzten Joint rauchte. Die Stimmung war dort wie hier dieselbe. Die Wut, die Kraft der Masse, das Gefühl der unmittelbar bevorstehenden Entladung.

Je mehr sich der Zócalo füllt, desto lauter werden die Rufe: »GOOOYA! ¡GOOOYA! ¡CACHUN CACHUN RA RA! ¡CACHUN CACHUN RA RA! ¡GOOOYA! ¡¡UNIVERSIDAD!!« Über fünfundzwanzigtausend sind dort, wie das Fernsehen am nächsten Tag berichten wird. Und dann der absolute Witz: Alle gehen wieder heim! Mehr und mehr schlendern gemütlich zu den Metrostationen. Die Letzten sind noch nicht einmal angekommen; noch immer ziehen neue Transparente auf dem Zócalo ein. Ich kanns echt nicht fassen. Acht Uhr, Heiabett, oder was? Vor dem Regierungspalast gibt es zum Schluss noch ein wenig Spektakel. Zwei Dutzend Punks versuchen mit Stöcken und Peitschen über die Schutzschilder der in Abwehrhaltung stehenden Polizisten zu schlagen. Viel Blitzlicht, wenig Action. Die Bullen halten sich an ihren Schildern fest und lassen's geschehen. Ich stehe nur da und denke: Haben die kein Gas?

Vor einer Weile lief hier eine Sendung, in der Zuschauer Fragen zu sexuellen Themen stellen konnten. Ein Mädchen schrieb: Ich mache Petting und Oralsex mit meinem Freund, allerdings bislang, ohne ihn zum Orgasmus kommen zu lassen. Danach tun ihm immer die Eier weh.

Genauso fühle ich mich jetzt. Die ganze Demonstration war ein einziges vielversprechendes Vorspiel; es soll doch jetzt bitte zum Höhepunkt kommen. Aber irgendwann ermüden selbst die Punks. Game over. Ich geh sogar noch mal zurück nach Tlatelolco, aber auch dort: absolute Stille.

Ich fahre heim, rauche, kann noch lange nicht schlafen.

Ich brauche eine Weile um zu merken, dass das ne Scheiß-
idee gewesen ist, das ganze Gras ins Klo zu schütten.
Nach der Hälfte der Tüte habe ich auf einmal Gewissens-
bisse bekommen, Suchtangst, Vernunftsanfall. Sicher-
heitshalber habe ich auch gleich den dicken Joint über
den Zaun ins Nachbargelände geworfen. Dann saß ich
eine Weile wie gelähmt auf dem Bett. Dann schaltete ich
den Fernseher an und begann mich wohlzufühlen. Dann
war es Zeit für die nächste Tüte. Das Gras war weg. Natürlich habe ich gespült, für den Fall. Aber der halbe Joint
auf der Wiese nebenan war nicht eine Sekunde aus meinem Unterbewusstsein verschwunden. Der lag noch immer dort.

Das Nachbargelände wird von Don Juan bewacht.
Die Wohnungen sind noch nicht bezogen, und bis die
Mieter einziehen, führt dort Don Juan mit seinen vier
Hunden das Regiment. Don Juan ist schon gute fünfzig,
fett, verwarzt und dunkelbraun, an der Grenze zum Neger. Er wirkt immer ziemlich behäbig, wie er in seiner
blauen Securityuniform durch die Gegend schlurft. Jedes Mal, wenn ich bei ihm vorbeikomme, ratschen wir
ne Runde. Jetzt muss ich ihm irgendwie erklären, was ich
auf seinem Grundstück will. Ich muss an den Joint ran.
Ich öffne also das Fenster und werfe eine Unterhose über

den Zaun. Die verfängt sich glatt im Fenstergitter des Gegengebäudes im zweiten Stock. Die zweite – diesmal wähle ich dann auch eine alte – landet perfekt: genau neben dem Joint.

Der Rest ist Formsache: Zuerst die Treppen runter und am Zaun bei Don Juan klopfen. Der macht eh gerade Siesta und winkt mich durch, als ich ihm von einem Kleidungsstück erzähle, dass der Wind wohl zu ihm hinübergeweht habe. Eine Minute später bin ich zurück, den Joint in der Hand versteckt, winke erklärend mit der Unterhose und verabschiede mich nach oben. Und schon kurz darauf ist der Nachmittag wieder weich und warm. Und nur eines macht die Geschichte bis heute wahr: die Unterhose im Fenstergitter gegenüber.

JOINT

Wenn man dann wieder mal Gras raucht, merkt man ganz klar, dass das eigentlich von allem mit das Geilste war: Kiffen. Die total angenehme Ruhe. Das total ruhige Aufgeräumtsein. Das total aufgeräumte Betrachten der Dinge.

Dann die direkt spürbare Gefühlsverstofflichung der Wahrnehmung. Wie jedem Bit Input sein gutes Maß Gefühl, Widerhall und Assoziation zugeordnet wird. Und man fragt sich unwillkürlich, ob dann das nüchterne Leben überhaupt Sinn haben kann, wenn es eine solche Sinnesarmut darstellt, im Vergleich. Wenn man auf weniger Zeit so viel mehr Wahrnehmung vereinen kann, zugleich. Live hard, die young, sagt doch jeder.

Am besten allein genießen. Nur schauen, durch die Menge im Karstadt gehn, das weiche Goldblitzen der Uhrenschaukästen in den Augenwinkeln. So total anonym im Bus sitzen, oben natürlich, den Kopf gegen das Fenster gelehnt und immer wieder mal den Beschlag wegwischen, um dahinter ganz genau die Gesichter zu erkennen, einen Blick ins gerade gelebte Leben derer zu werfen, die da aufs Einsteigen warten, einsteigen, und dann noch mal von ganz Nahem ein prüfender Blick, wenn sie die Stufen hochkommen, endlich drinnen das

kalte, nasse Haar aus dem Gesicht streifen, sich um-
sehen, dann kenne ich sie wirklich, dann habe ich mit
ihm die erste Zigarette auf der kalten Kellertreppe geraucht, oder bei Kohlsuppe mit ihr in der Küche gesessen,
an dem kleinen Tisch mit dem karierten Tuch, das
du immer so nervös hin- und herschobst, mit nichts als
dem nassen, frierigen Klirren des grauen Kühlschranks
im Raum, und ihm, ihm da vielleicht ganz vielleicht mal
einen geblasen, was ihn sehr beschämte, hinterher.

Und dann legst du den Kopf wieder an die Scheibe
und wischst das Bild frei, für den nächsten Lebens-
happen.

Der Rausch liegt in der Luft, bildet sich vor in unseren Köpfen, und an diesem Freitagabend genügt dann schon ein Funken Tequila, um alles in Brand zu setzen.

»Ecstasy, ganz klar«, schiebe ich Lily neben mir ins Ohr und betrachte mal wieder die hohle Szenerie eines proppevollen Clubs.

Zuvor, auf weißen Ledersofas, verteilte ich die letzten Tropfen Tequila auf unsere beiden Gläser, schraubte Carl Cox ein bisschen lauter und war nach gemeingültigen Standards bereits hacke. Wer anfing, wer zustimmte, wer anstandshalber noch ein paar Einwände vorbrachte, das war längst egal, denn, so stand es zunächst noch schwer leserlich bereits ab dem ersten Glas im Raum: Heute sollte gefeiert werden. Wir riefen also Lilys Schwester Jocelyn an und stolperten die Treppen hinunter, vergaßen den Schlüssel, schwallten irgendwelche Nachbarn voll, ließen das Tor öffnen und saßen dann im Auto nach Tepito.

Jocelyn wohnt mit ihrer Mutter in diesem runtergekommenen, als gefährlich geltenden Armenviertel im Zentrum Mexiko-Citys. Die Straße eingeengt von am Rand errichteten Wellblechhütten und Pappverschlägen, an den Ecken in Grüppchen die *Cholos*, kleine Gangster mit Kopftuch, Tattoos und Baggys, dazwischen umher-irrende Penner und Straßenhunde. Ihre Wohnung liegt in einem verwinkelten, vierstöckigen Wohnkomplex; wir klingeln und warten.

Ein rotnäsiger, nach Wein stinkender, blonder, lang-haariger Alter humpelt ums Auto: der Parkplatzwäch-ter. Sein fast identisch aussehender Kollege Marco, der das perfekteste Englisch spricht, das ich bisher in Mexiko zu hören bekam, wurde vor zwei Wochen mit einer Ma-schinenpistole beim Rauben erwischt und ist seitdem *preso*, also im Knast.

Ich winke den Parkplatzwächter heran: »Ecstasy, Amphetamine?«

Nee, ist hier nicht so die Area. Er humpelt wieder weg, schreit in den Himmel und schlägt mit der Linken wild ein paar mexikanische Weltraummonster in die Flucht.

Jocelyn kommt angetrippelt. Nach lang und blond, kurz und schwarz heute also mit angeklebten Rastas. Be-vor ich vorsichtig anfragen kann, wie Jocelyn so zu Dro-gen stehe, und ob sie nicht vielleicht jemanden …

»Hey!, Joce, kannst du nicht n bisschen Koks oder Speed besorgen?«, fragt Lily nach hinten.

Joce nimmt den Schein, steigt aus und kommt eine Minute später mit einem dicken Koksbrief zurück ins Auto. Eine Straßenecke weiter, am Rand im Dunkeln, ziehen Lily und ich das Pulver.

»Das ist gut«, sofort.

Dann das kristallklare Starten des Motors im endlosen, schweigsamen Raum. Wir ziehen lautlos zum Club. Exakter Ampelhalt. Perfekter Start. Punktgenaues Umschalten. Absolute Koksstille.

In der Calle Uruguayo, in der nachts wie ausgestorbenen innersten Innenstadt Mexiko-Citys, bumst es früh um drei auf einmal verheißungsvoll in die Nacht. Und nach Kontrolle, Eintritt, Kontrolle steht man im altvertrauten RumRum, RumtschakaRum und denkt: Alter, fast hätt ich's vergessen.

Das Geld geht aus, die Drogen lassen nach, wir zucken noch immer auf der Tanzfläche. Ich versuche mental Drogen anzuziehen, eine Koksverbrüderung zu initiieren, irgendwas, nur nicht nüchtern werden. Geb gleich wieder auf. Lily tauscht dann tatsächlich einen Goldring gegen acht ominöse Kapseln, Crystal angeblich. Jeder vorsichtshalber erst mal zwei, rate ich, fläz mich auf die Couch, zieh ne Schnute, fahr mir mit der Linken derb einen Kreis ins Gesicht, bau einen Smiley, drück dann gaaanz geeenz fest die Zunge von innen gegen die Zähne und sage zu Lily, plötzlich in meinem Arm: »Ecstasy, ganz klar.«

Cut – und draußen. Ich hocke mit zwei schnitzeldraufen Weibern, die noch nie im Leben Ecstasy genommen haben, ebenso schnitzeldrauf im Auto, betrachte über meine aus dem Fenster hängenden Füße die beiden Bullen neben der Tür der Pervert Lounge, aus der jetzt in einer langen Schlange die Menschen strömen. Sieben Uhr, Ladenschluss. Also auch wir nach Hause. Lily fährt.

Zuerst: »Ich sehe verschwommen.«

Dann: »Ich sehe doppelt.«

Dann: »Ich sehe gar nichts.«

Joce und ich nur breit: »Jaa, jaa, du machst das schon.«

Drei Nachtfiguren schweben auf Sonnenbrillenflügeln in den gleißenden Sonnenhof. Ganz eigene Geschwindigkeit. Vigilante Juan steht neben einem riesigen Frischwassertanker, die Hunde rennen und springen uns an.

»Hola, Camilla, hola, Enano, hola, Chino, hola, Chueco«, begrüße ich jeden auf den Knien.

In der Wohnung wird Techno gehört, dann werden Fotos gezeigt, dann ganz viel geschwallt bei Fruchtsaft. Irgendwer nimmt die nächste Kapsel.

Tepoztlan. Der Plan steht plötzlich fest, denn, so Jocelyn: »Hippies, Kiffen, Pyramiden.«

Mit der unmöglichen hellblauen Segelstoffhose sitze ich am Steuer. Kaum sind wir aus Mexiko-City raus, halten wir an der ersten Tanke, ein Sixpack Bier kaufen. Es ist so ein leuchtender, verstrahlter Easynesszustand, in dem einem zu Berge stehende Haare, Flecken auf dem T-Shirt und hellblaue Segelstoffhosen nicht das Geringste ausmachen. Und mit der nächsten Kapsel im Kopf schweben wir weiter Richtung Tepoztlan. Ein Wetter, bei dem ich nicht mal Katzen überfahren würde. Im Auto jetzt absolute Deep-Purple-Happiness. Wie wir alle drei zu dem fetten Riff von »Fools« abrocken. »Child in Time« mitgrölen. Noch ne Dose schlachten. Dann in Tepoztlan aufschlagen. Tepoztlan ist leider ein verschlafenes Dorf, und weit oben auf dem Berg irgendwo angeblich die Pyramide. Keine Hippies, kein Dope. Nur ahnungslose Menschen.

Wir steigen aus und suchen Gras. Gehen die enge Pflastersteinstraße entlang, fragen beim Pulquehändler, im Kräutergeschäft und am Kerzenstand. Nichts als komische Blicke. Die blaue Hose fährt mir inzwischen doch seltsam ein, über meinem Kopf erhebt sich langsam, aber sicher das neonfarbene, für alle sichtbare Paranoiaschild: »Seltsamer Typ, nicht von hier. Drogen!«

Ich rücke die Sonnenbrille zurecht. Wir schlendern zum Markt. Der Fünfundvierzigste kann dann doch was klar machen. Mit dem Minifetzen rennen wir durch den plötzlich einsetzenden Regen zum Auto. Nach zwei Tüten wollen wir alle nur noch heim. Die Fahrt durch Tepoztlan wird komisch. Die Wahrnehmung wie eine entfernte Erinnerung. Ich steuere automatisch nach draußen, auf die Landstraße. Die Fahrt wird zur Ewigkeit, die Mädchen schlafen jetzt.

Nach Stunden kommen wir wieder in Mexiko City an. Mexiko sieht aus wie Deutschland, wie Rosenheim hinterm Wertstoffhof. Wir lassen Jocelyn raus. Nur nach Hause, denke ich, alles plötzlich schmerzhaft klar, Lily ganz klein und zerbrechlich auf dem Beifahrersitz. Und da sehe ich, dass mein Traum schon lange wahr ist, dass ich es gefunden habe, dass es wirklich Liebe ist.

»Te amo«, sagt Lily leise mit geschlossenen Augen.

Und ich weine los und schluchze und höre lange nicht mehr auf.

Dem seine Scheiße stinkt aber echt übel, denke ich, denke aber auch: »Das ist jetzt vollkommen okay so.« Der Mensch frisst, verdaut und scheißt. So ist der Lauf der Welt. Easy ist das. Jairo, die Sau, echt. Irgendwie wieder enddicht, strull ich also weiter ins Klo. Wir haben ja den Mezcal jetzt gefunden. Es ist Samstagmorgen in der Marquez Sterling. Grelles Licht strahlt durch die Scheiben, nur leicht beschattet von den grünenden Bäumen im Innenhof. In der Wohnung herrscht Ruhe. Der Mezcal lässt alles wieder gemächlich aufglühen.

Jairo, der zahnlose Gitarrist vom Vorabend, war kurz zuvor beim Scheißen eingeschlafen. »Soll ich dir ne Schere reichen, Alter«, habe ich nach ner halben Stunde ungeduldig vom Couchtisch gerufen, »zum Abschneiden?«

Der Schrei drang durch die türkis gestrichene Badtür, überflog die dreckigweißen Minifliesen, erreichte Jairos Gehirn, aktivierte Kopf, Magen und zuallerletzt: Darm. Jairo schied folglich einen letzten Zoll Alkkacke aus und stolperte grinsend wieder nach draußen in die Küche. Und ich dann wieder grinsend nach drinnen und hielt meinen Schwanz gemütlich strullernd in die Kloschüssel von Doña Tina. Samstagmorgen, perfekt.

Früher am Morgen: Doña Tina war mit Lily zum Bar-bacoa-Kaufen gefahren. Ich war da noch irgendwie breit und ließ die beiden, ja, okay, und drehte mich noch mal um auf der Matratze. Ich ließ die einfach gehen, dachte ich, schlief, und als die Tür ins Schloss fiel, sprang ich wieder auf und machte mich auf die Suche nach dem weißen Zehn-Liter-Kanister mit dem Mezcal. Mezcal: wasserklarer Agavenschnaps, fünfzig Prozent plus. Und als wäre plötzlich die Sonne aufgegangen, erwachte auch Jairo aus dem Nachbarzimmer zum Leben und quälte sich noch vor mir ins Wohnzimmer. Und auch die Chi-quis, die die ganze Nacht dort auf einer Isomatte ver-bracht hatte, schälte sich schon aus ihrem Schlafsack. Unausgesprochen: Wir wollten alle drei ganz offensicht-lich weitersaufen.

»¿Dónde está el pinche Mezcal?«, lispelte die Chiquis feminin beim Durchstöbern des Geschirrregals, »… chin-ga …«, hörte ich Jairo aus dem Nebenzimmer fluchen, und aus dem Kleiderschrank murmelte auch ich ganz deutsch vor mich hin: »Ja, wo ist denn der scheiß Kanis-ter hin, Alter? Hinter dem Sakko, oder was? Hier drun-ter? ICH HAB IHN!«

Und dann hatten wir uns alle drei in der Küche ver-sammelt und wussten, dass Lily und Doña Tina in frü-hestens einer Stunde wieder zurückkommen würden. Innerhalb weniger Minuten waren wir wieder breit.

Jairo bleckte wieder seine Zahnlücken und erzählte von früher, als er vor dreißigtausend Leuten gespielt hatte; die Chiquis wurde gesprächig und sang und wurde dann wieder die lallende Chiquis vom Vorabend; und ich fing wieder an zu sehen und wirklich zu fühlen und addierte ein paar Ebenen mehr zu dem Wenigen, was sonst so ist, und so waren dann der Morgen und die Fülle der Wahrnehmung so fragil, dass ich alles gleich aufschreiben musste, bevor die ermattende Zeit alles erklärte oder im nächsten Glas die Welt wieder zerfloss.

SLIDE

Aber weißt du, diese Momente auf dem Rücksitz, wenn
sich die Palmen fast nicht mehr abzeichnen vor dem so
tiefblauen Abendhimmel, wenn Funk läuft und Hartalk,
Stimmung, Pegel, Level, Dope, wenn die Wahrnehmung
»hallo«, sagt, »lang nicht mehr gehabt«, wenn unter
Wimpernschlägen die Sicht verschwimmt, dann denkst
du dir: Wenn all das, was wir auf Partys erlebt haben,
nichts als jugendlicher Leichtsinn war, wenn das alles nur
Scheiße wäre, was wir da gebaut haben, wenn all die
Küsse und Umarmungen nicht zählten, dieses verschwitzte Lächeln nicht echt wäre, wenn das alles nur
eine Dummheit war, ein paar Sünden am Wegesrand,
dann sage ich Ja zur Dummheit, Ja zum Leichtsinn, denn
nur diese Küsse zählten, nur dieses Lächeln war echt,
nur dann und dort habe ich gelebt.

3

Wunderschön gelegen, echt, Bergsicht, mit Schnee und so drumherum. Endsaubere Luft, Bauersnachbarn mit gesunden Kälbern und von Hand gemolkenen Kühen, glückliches Pferd, gepflegtes Auto, schöner Rhythmus, stinkt nach Mist.

Im Haus herrscht beinahe meditative Stille. Unter Kugeldekorationen steht man im Hauseingang, nimmt den blumenbemalten Schlüssel aus dem Bund, zieht sich natürlich vorher die Schuhe aus, tritt ein. Ein warmer Buttergeruch, nicht wie bei Oma, sondern wie aus der Rama-Werbung, Plastikosterhasen spiegeln sich mit Weidenkätzchen im Parkett. Die Mutter grüßt, küsst und kann bald nicht mehr vor lauter angestrengtem Verständnis, vor lauter auf immer verpasstem Anschluss, weint Tränen, das war mal, das war mal ich, ich find da gar keinen Weg mehr. Ich muss das jetzt nur managen.

Es geht weiter auf geheizten Fliesen, vorbei an Spiegeln, Ostergestecken, viel gebeiztem Holz; in der Küche duftet Grüntee-Orange. Man kann da überhaupt nichts dagegen sagen. Man könnte dem ganzen Scheiß eigentlich sein Leben widmen. »Qué bonitas flores«, sagt auch Lily, was für schöne Blumen.

Ich bin pervers, tut mir leid, ich such den Abgrund, ich brauche Techno, und ohne Verzweiflung fühl ich nichts.

Ich werde auch bald wieder da sein.

In Berlin.

K. A.

»Also, meine Drogenphase ist definitiv vorbei«, sagt Max und stellt den Amaretto-Glühwein auf den speckigen Biertisch. Max sieht jetzt extrem frisch aus, sportlich, superattraktiv. Auf die kurzen, blonden Haare hat er sich einen schwarzen Hut gesetzt, darunter schwarzer Schal, schwarzer Mantel. Gerade aus Amsterdam zurück, der schlecht bezahlte Optionshändlerjob gekündigt, verdient Max nun hundertzehn Franken die Stunde und sieht dabei relativ zufrieden aus. Mit ihm stehe ich jetzt jedenfalls am Münchner Hauptbahnhof neben einer Schlittschuhbahn, trinke ebenfalls Glühwein mit Schuss und atme kleine straffe Dampfwölkchen in den Abendhimmel. Mexiko ist keine zehn Tage her.

»Ich habe den Kapitalismus in seiner Perfektion kennengelernt«, fährt Max fort, und ich denk sofort an früher, wo wir in Frankfurt/Oder am Balkon standen, mit der Bong neben uns, und über die Brachfelder in unsere Zukunft blickten. Miss Kittin lief damals, glaub ich.

»Es ging nur ums Geld und ums Ficken.«

Auf der Pille stand: *keine Ahnung.* Ich nahm sie und tauchte ein in eine Welt, wo nur Leben und Sex und Techno galten. Eine gesunde, vielleicht die natürlichste Neudefinition der Werte, ein psychologisches Phänomen, ein persönliches Wunder: Ecstasy, besser hatte sich Leben nie angefühlt.

»Und du hast die Lily mitgebracht?«, fragt Max, und ich weiß schon jetzt genau, wo er hinwill.

»Ja«, lächle ich gequält.

»Und die bleibt jetzt auch erst mal hier, oder was?«

Ja, sprich es schon aus, Mann, denke ich und nicke nochmals: »Ja …«

Max lässt das zwei Sekunden wirken und schlägt dann zu: »Und die ist jetzt schwanger.«

Da muss ich dann echt erst mal lachen und, fuck it, aha: »Ja!«

Max nippt genüsslich an seinem Glühwein und stellt dann fest: »Ja, du bringst halt echt immer die krassesten Stories, Airen.«

»Schon, Mann, Alter«, sag ich, »keine Ahnung.«

ROSENHEIM

Das Geilste war dann aber eigentlich, wie da mitten aus dem Stadtpark raus auf einmal der Rage angetaumelt kam, offensichtlich total verstört und von all meinen Rosenheim-Bekanntschaften sicher die fertigste, und fragte: »Hey!, was machstn du hier?«

Der Rage wechselte zwei Eisteepulverdosen und ein Fladenbrot in die Linke, reichte mir die Rechte und fuhr dann, eigentlich mehr in den eiskalten Himmel hinein, fort: »Ich dachte, du wärst längst in Mexiko versumpft.«

»Bist du breit, Alter?«

Ich suchte auch in seinen Pupillen, aber die waren punktklein, wie immer.

»Nee, ich hab nur drei Tage nicht geschlafen und komm grad von der Arbeit«, meinte er, kratzte zweimal seine Glatze, sah in drei Richtungen gleichzeitig, und eigentlich glaub ich dem Rage eh nix mehr, spätestens seit er mir vor zwei Jahren dreißig Gramm Berlin-Speed veruntreut hat, mit soner Razziastory.

Man konnte da auch nichts mehr machen, es gab nichts mehr zu bereden, irgendwie »Rosenheim, Dreckloch« noch, beiderseitig, und wir gingen fort, er wieder in seine Bude mit der Ratte über dem Gasthaus und Lily und ich weiter Richtung Fußgängerzone.

Rosenheim war mittlerweile offenbar total tot. Ich

kannte niemanden. Die jungen Gesichter waren alle neu, im Zentrum am Brunnen eine Totenstille, aus den Modehäusern und Dekorationsstuben kam nur noch ein hartnäckiges Aufrechterhalten, ein pastellfarbener Abklang, die Kälte hatte gewonnen, die Rentner das Regiment übernommen.

In Rosenheim spricht man einen eigenen Dialekt, und ich wusste gar nicht mehr, warum, auf was man da stolz hinweisen wollte; wir gingen noch durch den Karstadt, tranken Schokolade beim Bergmeister; es war alles nur noch feindlich und alt, und die fünfzehn Jahre, die ich hier gelebt habe, ein kalter welker Punkt am Horizont.

PROVINZGEFLÜSTER

Ich war keine drei Tage in Bayern gemeldet, da stand wieder die Polizei vor der Tür. Nachmittags um zwei, Eltern gerade auf Arbeit, klingelte es Sturm, und ich wusste sofort: Das sind die Bullen. Die Raten für die noch immer unaussprechliche Friedhofsaktion, seit meinem Umzug nach Mexiko nicht gezahlt. Ich zog mich an, dabei die Frage: Nehmen die mich gleich mit?, dann etwas derangiert aus der Tür und noch barfuß zu dem schon wieder wegfahrenden Bullenwagen. Der Motor geht aus, die Bullen steigen aus: lockerer Auftritt, groß, bayrisch, unaufgeregter Beamtenstyle.

»Sie sind da wegen der nicht bezahlten Geldstrafe?«
»Sie sind Airen?«

Als ich am nächsten Tag im kleinen Büro des Polizeiobermeisters sitze, ist die Situation entspannter. Er nimmt Zeile für Zeile die Daten auf, zwischen uns ein Bildschirm, hinten Akten und Poster mit Bulle auf Motorrad. Ich schiebe wie aufgefordert das Geld rüber. Erkundige mich noch mal: »Sie hatten also bereits einen Haftbefehl?«

»Sie waren zur Fahndung ausgeschrieben.«

Ein paar Zeilen weiter unten fragt er mich doch noch: »Was war das eigentlich für eine Sache damals?«

Ich habe das Bild gesehen auf dem Fahndungszettel, schön drauf und glücklich grinse ich da in die Kamera, wie beim Shooting, von Scham keine Spur. Draufer gehts dann glaub ich auch gar nicht.

»Was haben Sie denn da stehen?«, frage ich vorsichtig.

»Störung der Totenruhe.«

»Ich würd sagen, wir lassens dabei.«

Die Treffen mit Dancemaster DonCasimir finden immer unter verschwörerischen Umständen statt. Denn bei meinen Eltern hat er absolutes Hausverbot. Dabei hat er an sich nichts Schlimmes angestellt. Der offizielle Grund ist, dass er mich mal mit einer Weißbierfahne abgeholt hat, im Auto. Aber im Grunde liegt es daran, dass mein Vater irgendwann mal mein Blog fand, und schon war Dancemaster DonCasimir, alter Feiergenosse, treuer Berlin-Besucher, Afterhour-Mitverwundeter, Schranz-kreuz zweiter Klasse, ein zwar lauter, aber im Grunde sensibler Mensch, der gerade in diesen offenbarenden Momenten zwischen Dancefloor, Klo und Couch eine ganz seltene Empathie beweist, zur Unperson im elter-lichen Anwesen erklärt worden.

Für unseren Besuch müssen wir lange auf eine gute Gelegenheit warten. Als meine Mutter dann endlich zu einem Essen eingeladen wird, kidnappen Lily und ich den Audi EOS Cabrio. Wenn ich ohne Führerschein fremde Autos fahre, dann nur besoffen. Und so kommen wir dann wieder total im Zustand an, und Dancemaster

DonCasimirs Abschiedsparty für seinen dreimonatigen Asienurlaub erfüllt die Erwartungen: »Ja, so a Militärputsch in Thailand is a ned so wuid, wia des die Medien immer doastein.«

DDC, der Gärtner. Ich lache und trinke Weißbier links und Jägermeister rechts, Wurzeln sprießen durch den Moment in die gemeinsame Vergangenheit, durch den Joint; wir waren ja alle Techno damals.

»Bist du früher mal Krankenwagen gefahren?«, fragt dann auch der Schauer, der mir gleich irgendwie bekannt vorkam.

Ich hatte ihn erst mal als oberbayrische Feierbekanntschaft abgetan, als Alt-2001er, irgendwie Provinzchiller also, dann stellte er aber doch gleich den Bezug her. Den Schauer hatte ich damals während des Zivi in meinem Malteser-Wagen mitgenommen. Der Schauer, im selben Alter, musste keinen Zivi machen, weil er bei seiner Musterung erwähnte, dass er keine Freunde hatte, keine Interessen, kurz: dass sich bei ihm alles nur ums Kiffen drehe. Der war mir damals im Gedächtnis geblieben unter den Hunderten Rosenheimer Kifferleuten; und da saß er jetzt wieder mit mir auf der Eckbank.

Zurück, sehr viel schwammiger dann, dachte ich bei Jeff Mills, dass manchmal, wenn all das ruhige Planen hier auf der Alm von einem harten Track durchbrochen wird, dass dann wirklich Techno der Teufel sei, die Versuchung. Dann, wenn gerade Stille eingekehrt ist, Abfinden, ein Hauch von Orientierung, dann taucht wieder dieses bekannte, verwandte, kindliche, geliebte Sprudeln auf, das sich nicht nur vernünftig anfühlt, sondern wie reines, lebendiges Leben. Und das habe ich das letzte Mal im Berghain gespürt.

Berlin brummt, Friedrichshain vibriert. Hier sind wieder die Rastas, Negros und Latinos, altes Holz und Haut und Staub, wir tanzen durch Gras-, Bier- und Sound-wolken auf der Fête de la musique, und es fühlt sich an wie ein wiederauferstandenes anarchisches Hippie-Pa-radies. Im Raw Tempel gibt es Dub umsonst und drau-ßen, bunte Leute steppen im Rhythmus, tragen große Sonnenbrillen, Shirts mit Aussage und Perlenketten aus Goa, Anjuna Beach. Alle nicken, floaten und zelebrie-ren, dass da in Berlin gerade eine neue Legende geschaf-fen wird. 2009 auf der Fête de la musique, wo man sich aus aller Welt traf, wo die Israelis in der Warschauer ihre Impro-Show abzogen und wieder einmal der künstleri-sche alternative Weltanspruch Berlins zementiert wurde. Zehntausende Spanier wären gern dabei gewesen.

Später, an der Schillingbrücke, gegenüber der ehemals legendären Maria, schallt Minimal über tausend Köpfe. Vorne bei den Boxen tanzen sie zu Hunderten, weiter hinten sitzt man, kifft. Es ist die übliche Mischung aus Style-Tussis, Gescheiterten, Creative Directors, Import-Italos und Schwulen. Hier treffen wir dann auch Bomec.

Gediegene, feine Clicks wärmen die Atmosphäre an, zahme Beats verursachen leichte Shakes, ein stimmiges Wippen, ein Konsens im Arschwackeln.

»So was geht halt nur in Berlin«, antworte ich Bomec, von dem ich gerade eine Kippe geschnorrt habe, »kann man schon lassen.«

Dann ziehe ich mein Bier weg. Aber Techno hatte mal eine existentielle Bedeutung, merke ich, Techno füllte doch einmal alles in mir aus, schuf eine Gemeinschaft unter uns in der Verpeilung und Hingabe, die wir dem Sound entgegenbrachten. Flyer waren Heilsbotschaften: Acid Maria kommt und wird uns die Frohe Botschaft verkünden. Es war ein Brüllen damals, ein gnadenloses Diktat des Sounds und wir alle nicht mehr als unermüdliche Fußsoldaten auf dem Weg ins 4/4-Paradies.

Jetzt Minimal. Exakte Beats, glatte Produktion, ein hypnotisches Gähnen zwischen zwei Longdrinks. Coolness everywhere. Man steht in Grüppchen, stößt an, tanzt beim Reden, achtet auf die Frisur. Zu diesem Zeitpunkt ist die Schillingbrücke wahrscheinlich sogar der hippste Ort der Welt. Berlin sendet, denke ich, aber mein Receiver ist kaputt. Und ersticke, weil irgendetwas in mir noch immer Techno atmet.

»Magst du was ziehen?«, fragte ich sie, als sie sich endlich umgedreht hatte.

Ich hatte sie zuvor bestimmt zehnmal an fünf verschiedenen Stellen ihres Körpers antippen müssen, bis sie aus ihrem Tanz erwachte.

»Magst du was ziehen?«, rief ich ihr also noch mal ins Ohr und versuchte dabei einigermaßen beherrscht zu schauen.

Nicht so absofuckinglutely out of my mind, wie ich mich gerade fühlte. Dann drängten wir uns über den vollgestopften Dancefloor des Berghains, stolperten an der Bar vorbei und schlossen uns in einer Kabine ein.

»Was hast du denn?«, fragte sie.

»Speed«, antwortete ich, und es hätte der Beginn einer wunderbaren Liebe sein können.

Wir dancten wieder etwas abseits, und dann und wann nahm sie mich und schrie mir Sachen ins Ohr. Ich legte meinen Arm ebenfalls um sie und antwortete »Ja«, weil ich absolut nichts verstand. Dabei war sie schon süß. Ellen Allien legte jetzt »Missy Queen's Gonna Die« auf, ein gefühlloses Jamais-vu, eine eiskalte Offenbarung der Sinnlosigkeit dieser Musik. Dann standen wir in diesem blöden verglasten Raucherraum, in dem schon der Tag angebrochen war oder besser, das Grauen angekrochen bzw. das Licht der nüchternen Betrachtung all dessen, dem natürlich nichts Stand hielt. Ach nein, zuerst zwang sie mich, ein ganzes Glas Wasser auszutrinken.

Dann standen wir da im Licht und rauchten.

Dann hüpfte sie hoch über die Treppe auf die Chillfläche über den Toiletten. Ich sah ihr nach, sah ihren grün umwickelten Apfelpo, zögerte kurz, dachte: fuck it und ging straight durch in die Panorama Bar. Dort explodierte gerade ein Bass und zerbrach in tausend exakte Scherben.

Bis alles doch wieder abflaute. Minimale Musik auf beiden Floors. Als werdender Vater stand ich irgendwann nur noch am Rand, klaute kein Bier mehr und zog auch nichts.

Als ich am Vormittag das Berghain verließ, ging ich nicht hinaus, nicht nach Hause, nein, ich überließ dieses Wunder von einem Club einer anderen Generation.

… ist Liebe aber immer auch eine Forderung, so gesehen auch eine Bürde, denn there's no such thing as a free lunch, suche Wärme, gebe Leben, bis dann doch nur ein warm überkleistertes Loch im gekannten bewährten Chaosleben zurückbleibt. Chaosleben ist im Übrigen sowieso der höchste anzustrebende Zustand. Denn alles führt ja von selber von sich aus ganz automatisch zum Chaos, und dies zu bejahen oder gar prototypisch zu personifizieren, ein Künstlerleben zu führen also, mit Glitter, Schmutz und Pailletten, mit ganz bösem Nightmare-Bass für Erwachsene, mit farbigem Schattenspiel auf hyperrealen, aber durch Rohypnol etwas schlecht aufgelösten Vaselintitten, das sollte dann doch angesichts der Vielfalt und Greifbarkeit dieser realistischen Erlebenssequenzen einem durch Liebe betäubten Leben vorzuziehen sein. Merkt man leider auch erst, wenn es zu spät ist, sprich: wenn man auf anderthalb grün gesprenkelten Mitsubishis unter den ermutigenden Blicken glatzköpfiger, entmannter, dominierter Männer im Virchow-Klinikum eine Plastikpuppe in Windeln einwickelt. Dann kommt er von ganz weit hinten, auch ganz weit von innen: der Bass, dem ich mein Leben widme.

Ich würde in diesen Momenten gerne in der fernen Zukunft leben, so Blade-Runner-mäßig. Dann würde ich aber auch nur auf Technopartys gehen und wie eine Ratte durch morgendliche graue Schächte rennen. Ich wäre der verlorene Sohn einer verlorenen Zeit; kein Gott, keine Moral hielte mich auf bei meinem Lauf durch die fensterlosen Gänge einer elektrisch verrauschenden Zeit.

Die Hangzhou-Station in Shanghai ist der größte Bahnhof Chinas, Westshanghai, ein röhrenförmiges Terminal, es geht hier direkt zum internationalen Flughafen Hongqiao. Ein Großteil der Reisenden ist Ausländer. Auf dem gegenüberliegenden Rollband kommen dir plötzlich blonde Mittzwanziger in Maßanzug und mit VW-Tasche entgegen; hier findet auf einmal am östlichsten Rand Chinas der Wiedereintritt in die westliche Welt statt.

Tyler steht nervös auf der mittleren Plattform. Neben ihm ein großer silberner Rollkoffer. Tylers Kopf nickt leicht. Hinter der Sonnenbrille haben sich seine Lider etwas zusammengezogen. Wenn man genau hinsieht, kann man sehen, dass er auf etwas kaut. Tyler hört Techno. Es fällt ihm schwer stillzustehen. Aus Angst vor der Flughafenkontrolle hatte er im Hotelzimmer zuletzt noch schnell das restliche Koks weggezogen und wäre dann im Fahrstuhl beinahe kollabiert. Jetzt ist die Wirkung fast optimal. Er fühlt sich frisch und energiegeladen, er steht jetzt mitten im Club und nickt dem Beat zu, und er gäbe ein Königreich für einen Kaugummi. Der I-Pod läuft, und stattdessen kaut er sich schon wieder die Wangen wund. Hangzhou ist sein Reich; da steht gerade ein technogemäßer Circle um ihn rum, da werden im

Verständnis gerade drei Dimensionen vorausgesetzt. Tyler sieht das ganz cool und hört ein bisschen mehr auf Richie Hawtin, und weiß, dass er in zwölf Stunden zu Hause sein wird. Im Berghain. Dass dann alles okay ist. Und findet den Kaugummi in der rechten Sakkotasche. Der Flug geht ab zwanzig Uhr. Sogar der Stuart weiß, dass er rechtzeitig um zwei im Club sein wird. Dass dann gar keine Regel mehr gelten wird. Dass dann alles okay sein wird.

Tyler steht noch immer auf der mittleren Plattform, in der Vorstadt von Shanghai.

Power geht auf Technopartys, seit er fünfzehn ist. Die erste Party war ein Trockennebelrave im Nachbardorf; Power und sein Cousin Schorsch steigen aus dem Bus am Rathaus und laufen durch die bayrische Nacht besoffen dem Sound entgegen. Fünfzig Leute in der Festhalle vom Schützenverein, billige Anlage, alle besoffen, alle drauf. Aber bei Power hat es Klick gemacht. Ab dann jedes Wochenende, immer weiter hinaus, in immer größere Clubs, nach München, zu Rave on Snow, zur Love-Parade, eh klar. Ein Berufsraver. Die Schlaghosen gehörten dazu. Techno gehörte dazu. Irgendwann ließ er sich mal in Amsterdam auf einer Überdosis Speed »I've got the power« in Frakturschrift auf die bleiche, nach innen gewölbte Brust tätowieren.

Oberbayern, Bauernhaus. Die Eltern haben sich jahrelang die Finger als Klempner wundgearbeitet, ehrlich bis auf die Knochen den Kredit abbezahlt. Der Bruder ist im Gemeinderat; man kennt den Beruf der Nachbarn, in die Messe geht man nicht mehr, aber wenn in Stephanskirchen bei Rosenheim Starkbierfest ist, gehört die Familie Leitkirchner zu den Sponsoren. Man steht in den Gelben Seiten, und wer nicht grüßt, ist ein Grantler; man steht sicher auf der sicheren Seite: Die Leitkirchners sind ein fester Begriff im Stephanskirchner Gemeindeleben.

Was die Leitkirchers nicht wissen, ist, dass gerade Session im Zimmer ihres Sohnes Schorsch ist, dass sich da gerade für ein paar Bauernjungs Welten öffnen, dass Stephanskirchen gerade zum wahrnehmungsmäßigen Mittelpunkt der Erde wird. Wir hören jetzt Led Zeppelin, in Abwechslung mit dem neuesten Berlin-Sound, es ist Gras da beim Leitkirchner, und die lokale Kifferelite hat sich eingefunden.

Da sitzt ein Haufen Verlierer beisammen, einer lustiger als der andere. Die Flasche kreist, der Geldschein hinterher. Jeder schnupft sein Näslein, keine Bemerkungen, Konsum ist in dieser Atmosphäre ein absolut angemessenes Mittel. Alles ist in dieser Atmosphäre möglich und der Chiemsee ein Ozean.

Wir betreten hier völlig neues Terrain. Der Raum ist voller Rauch, man hat sich an der Mutter mit einem »Servus!« vorbeigeschlängelt, man sitzt jetzt völlig relaxed im abgeschlossenen Zimmer, der Corbi hält die

Bong beiläufig in der rechten Hand und macht auf dem Chicas-Flyer eine Eins-zu-eins-Hasch-Tabak-Mische zurecht. Der Corbi hat eh den Flow weg, jeder weiß das, wenn der Corbi rockt, ist der Sound gut. Corbi schwitzt, Power freut sich, Schorsch pennt schon von den zwei Löwenbräu vorher weg.

Mit der Zeit in der Szene, und da kann gar nicht genug vergehen, gewöhnt man sich an immer mehr, und der Schorsch, der sich gerade von zwei Hefeweizen breit fühlt, ist in 2012 entweder Alkoholiker oder ganz krass in Berlin abgestürzt, hat dann auch den Kotti kennengelernt, oder, im schlimmsten Fall: ist der Gesellschaft anheimgefallen, ein Dutzendmensch geworden, süchtig nach Bestätigung.

Power, Corbi, Schorsch: Typen von dem Schlag, die man immer noch auf einen Drink überreden kann. Auch wenn da gerade Oberbayern das Zentrum ist, haben so einige das Universum verstanden, den Range des Sounds, und wenn der Corbi ansagt, sollte so ziemlich jeder aufpassen …

INHALT

EDITORISCHE NOTIZ

Airen hat für den vorliegenden Roman Texte aus seinem Blog www.airen.wordpress.com verwendet und sich dies selbst genehmigt.

AIREN DANKT

Dennis, Robert, GlamourDick, Bomec, Doña Tina und DonCasimir

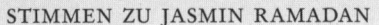

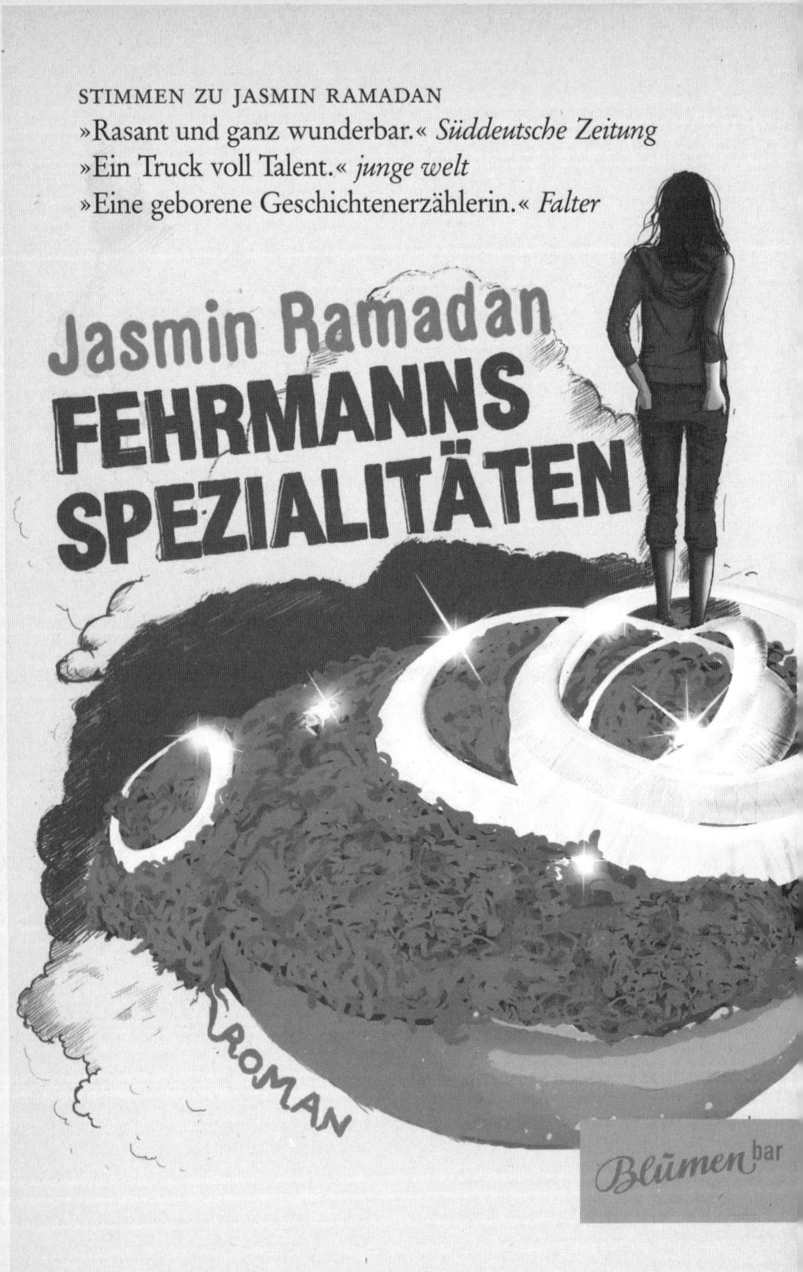
STIMMEN ZU JASMIN RAMADAN
»Rasant und ganz wunderbar.« *Süddeutsche Zeitung*
»Ein Truck voll Talent.« *junge welt*
»Eine geborene Geschichtenerzählerin.« *Falter*
Jasmin Ramadan
FEHRMANNS SPEZIALITÄTEN
ROMAN
Blumenbar